下町洋食バー高野

ビーフシチューとカレーは何が違うのか?

麻宮ゆり子

ハルキ文庫

角川春樹事務所

目次

1
ビーフシチューとカレーは何が違うのか？
7

2
有漏のみつ豆
77

3
アサクサノリの煙滅
139

4
花筏の会と銀杏の木
213

下町洋食バー高野

ビーフシチューとカレーは何が違うのか？

1
ビーフシチューとカレーは何が違うのか？

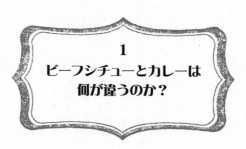

重たいものが上から落ちてきて、どしん。

それが小刻みに早くなり、音もどんどん大きくなって頭の芯《しん》や胸に響いてくる。

でも、どこから聞こえてくるのかわからない。

だからといって怯《おび》えているだけでは何も解決しないだろうから、郷子《きょうこ》は腹を決めると、その奇妙な音の正体を突き止めようと神経を研ぎ澄ました。

ところで今、私はどこにいるんだろう。

それにこの音は、毎日工場で聞いていた重機の音に似ているけれど、その工場から自分はすでに逃げ切ったはずなのだが。

それにしてもうるさい。

ああ、うるさい、うるさいっ。

音の正体がわからないままの不安に耐え切れず、当たり散らすように声を荒らげ、左右の耳を両手で強く押さえつけたところで——はっ、とまぶたを上げた。

胸に手を当て、息を吐くと顔の周りに白いものが漂っている。

横たわった郷子の身体《からだ》を覆っているのは、つぎはいくつも当たっているが、清潔で柔らかな布団だった。ゆっくり上半身を起こし、窓の外を見ると街灯にはまだ明かりがついている。それから大きく伸び上がったところでぽかんと浮かんできた言葉、それは……。

「自由!」

声に出し、その気合いでもって起き上がり、てきぱき布団を畳んで押し入れにしまった。カーテンを開け、壁にかかった日めくりカレンダーを勢いよく破る。

日付《ひづけ》は昭和三十八年、一月七日。

集団就職するために、郷子が東北や群馬《ぐんま》の子供たちに混じって夜行列車に乗ったのは、十五のときである。

同じ列車に乗っていた子供たちは子だくさんの貧しい農家の子や商家の女子、家の跡取りではない次男三男などが多かった。そうして終着駅である上野《うえの》から、都会の各地に就職していった彼らと同じく郷子もまた、川崎《かわさき》の工場に就職した。

だが川崎の工場は郷子にとってつらい職場でしかなかった。すぐに声を荒らげる大人たちに囲まれ、上から怒鳴りつけられたりバカにされたりするのが日常で、勤務時間も不安定な重労働。結局二年が経過した頃《ころ》には、就職した女子の三分の二が辞めているような状態だった。

けれど郷子は支度金《したくきん》と引き換えに工場に売られた身だから、簡単に辞めるわけにもいかない。それに生家のある群馬に帰っても、親と兄たちに奴隷のようにこき使われるだけだろう。

だが結局耐え切れず、昨年十七歳で工場を逃亡してしまった。

負け犬と言われても構わない、親不孝者と罵《ののし》られたって、やはり構うものか。

そんな破れかぶれの思いで必死に戻って来たのが上野駅。そしてその上野で、浅草《あさくさ》にある洋食バー高野《たかの》のおかみと料理長に拾われて、今住んでいるアパートに住まわせてもらい、おかみの店で働くようになったのが四カ月前のときだった。

親の意や世間の常識にそむくことに罪の意識を感じないと言ったら嘘《うそ》になる。

だから今でも奇妙な夢を見るのだろうか。

郷子が今住んでいる二階建ての木造アパートは、新仲見世《しんなかみせ》通りの真ん中あたりを少し北に入ったところにある。部屋は上下に三室ずつあって、郷子が住んでいるのは共同玄関のすぐ横にある六畳間。彼女の部屋にあるのは小さなこたつと火鉢、布団、あとはわずかな所持品だけだった。

火鉢には、寝る前に灰をかけた。だから今の室温は一、二度くらい。

手をこすって温め、黒いワンピースを着、髪を一つに結んで割烹着《かっぽうぎ》を羽織り、手ぬぐいを首に下げると、郷子は部屋から飛び出した。

まず玄関とは逆方向へ廊下を進む。

廊下の突き当たりにある引き戸を開けて、中庭に出ると、紺碧《こんぺき》の空にはまだ星が光り、地面には雪のかたまりがへばりつくように残っていた。

郷子はぶるりと身体を震わせる。

今年の冬は寒い。故郷は雪深い土地だったが、東京も意外と寒いのだった。

だが腕まくりすると、軒先にしまってあった金属製のかまどを中庭に引っ張り出して、そこへどんどん薪《まき》を放《ほう》り込んでいく。都会のアパートにはへっついなどついていないのだから仕方がない。

薪の作業が終わったあと、廊下に戻って共用水道で手と顔を洗ったら、指先と鼻が痺《しび》れるほど冷たかった。

思わず顔をしかめる。これなら季節を問わず一定の水温を保ってくれる井戸水のほうが、ずっと温かい。しかし人口の増加が著しい東京ではここ数年、水位の低下や水質の悪化が原因で井戸の数が減っているらしい。

濡れた顔を手ぬぐいで拭《ふ》くと、郷子は足もとから米とボウルと大きな羽釜《はがま》を取り出し、まずはボウルの中で米をとぐ。次は、といだ米を羽釜に移して水を足し、中庭のかまどに設置して、米を水に浸している間、箒《ほうき》で一階と二階の廊下を掃《は》いてしまう。さっさっさっという音が心地いい。

掃き掃除が終わったら、中庭に戻って、やっとかまどの火つけである。新聞紙とマッチだけでは着火が弱い。だからここは焚《た》きつけとして、小枝や松ぼっくりを使う。そもそもこんな知識は当たり前だと思っていたが、他の住人は田舎育ちの郷子と違って、火つけにあまり詳しくないようだった。

パチパチ爆《は》ぜる火の加減を見ながら今度は、中庭の隅にある便所掃除である。がさがさと波打っている四角いちり紙を補充し、吊《つ》り手水《ちょうず》の水を入れ替え、その横にかけてある手ぬぐいと合わせて自分の衣類も洗濯板で洗ってしまう。

そしてすべて干し終えた頃には空が明るくなっていた。

羽釜からブワァーッと湯気が沸き立って、甘い香りが漂ってくる。

頃合いを見ながらよしと蓋《ふた》を開けると、舞い上がった蒸気の向こうには、つやつやと真っ白なご飯の粒が、かわいらしく顔をそろえていた。

それをせっせとおひつに移し終える頃には、もう身体は寒さを感じない。

顔についたすすを手ぬぐいで拭《ぬぐ》って、手を洗い、朝食用と昼の弁当に持っていく塩むすびを握れば、やっと朝ご飯である。

中庭の方を向きながら廊下に置いてあるビール瓶のケースの上に座って、まだ温かい塩むすびにかじりつく。

炊《た》きたては美味《おい》しい。粒が立っているのに、しっとりしている。何よりたまに混じっているおこげがパリッとした塩せんべいのような味わいで、たちまち口の中にこうばしさがあふれていく。

ただの塩むすびでも、おこげ入りだと具が入っているような満足感がある。

どうしてかな、と郷子は口を動かしながら思った。


米は他の住人の故郷から送られてきたものだった。

毎朝それを炊くことで、郷子はそのお相伴《しょうばん》に与《あずか》っているというわけである。

羽釜を洗っていた手を止めると、郷子は廊下の方に耳をすました。

だがなんの気配もない。他の住人はストリップの踊り子やキャバレーの女給といった、夜の仕事をしている人がほとんどらしい。昼夜が逆転しているのかもしれない。

自室に戻った郷子はお下げ髪を結《ゆ》って、ウールのカーディガンを着、刺繍《ししゅう》の入った鞄《かばん》を持って部屋を出た。靴箱から出したローファーを履いて、玄関から出る。

すると若い男がこちらを向いて、門扉にもたれかかるようにしながらたばこを吸っていた。

縞《しま》模様のとっくりセーターにコートを羽織った男は、郷子の隣室に住む人気ストリッパー、千里《ちさと》の付《つ》き人《びと》芸人である。

まだ八時前なのになんの用だろう。千里さんを迎えに来るのはたいてい昼頃のはずだけど。

男の足もとには、吸い殻がいくつも落ちている。だいぶ前からいたのだろうか。それにしても縞模様なんてかわいらしい年下ふうのファッションで、売れっ子の千里さんに取り入るつもりじゃなかろうか。

郷子が遠慮ない視線をジロジロ当てたせいだろう。男は挑発するように首を傾け、鼻と口から盛大に煙を噴き出している。

都会に暮らす若い男が、郷子はどうも苦手だった。

集団就職先で働いていた頃、いつの間にか同期の女子が職場からいなくなってしまったことが何度かあって、その原因のいくつかが男がらみだったせいかもしれない。たいてい男たちは、十六、七の、世間知らずな女の子たちの心の隙《すき》を狙《ねら》うように近づいてくる。そしてそんな男の甘言に釣られ、少ない金を貢いだ挙げ句妊娠し、相手に逃げられ仕事も辞めて故郷に帰って行った女の子たち。その中には郷子と仲がよかった子もいたのだが、みんなさよならも言わずにいなくなってしまった。

そういった経験がまさに郷子の警戒心を強くしているようだった。

けれど一部の男に対する偏見を、目の前の彼にそのままぶつけるのは失礼だろう、と郷子が考え直すようになったのはここ最近。

千里は年齢不詳だが売れっ子、縞模様の服の芸人はまだ若い見習い。

千里を見る男の目には小石のような憧《あこが》れと羨望《せんぼう》があって、それがたまにぶつかり火の粉を散らしているような印象がある。だからこそ、興味がない私には沼のような色を向けるのかも、と思った郷子は吸い殻にちらっと目を向けた。

「千里さんが褒《ほ》めてましたよ、あなたのこと」

「えっ」

だらしない姿勢だった男が急に自分の足で立つと、服についた灰を払っている。

「……本当に?」

疑っているのか慎重な様子で聞いてきたから、ええ、はいと郷子は頷《うなず》いた。

「確か、気遣いがあってきれい好きで頼もしいわって、言ってたような気がします」

しばらく歩いたところで郷子は振り返る。

男は、玄関の脇《わき》に置いてあった箒とちりとりを使って、吸い殻を掃き集めていた。さらにせっせと前の通りまで掃除してくれている。歓楽街が近いせいか朝になると卵の殻やバナナの皮など、いろんなものが落ちているのだ。

職場に向かうまでの道には飲食店や商店がずらずらと建っている。

けれどまだ時間が早いので、シャッターを上げている店は少ない。

だが街頭《がいとう》テレビの周りだけはやたらにぎわっていた。

ブラウン管には来年開通する東海道新幹線や、東京オリンピックのニュースが賑々《にぎにぎ》しく流れており、出勤前の人たちがそれを何列も取り囲むようにして見上げていた。その足もとを野犬が一匹うろついている。

雷門《かみなりもん》通りに入ると路面電車がのんびり走り、その前後左右を最新型の車がビュンビュンと走り抜けていく。

この街は時代に取り残された場所なのだと新聞記事に載っていた。

高度経済成長、オリンピック。これらの大きなうねりに乗り遅れまいと、東京ではあらゆる場所に何者かが、すさまじい早さと勢いで外科手術を施しているようだった。地面はショベルカーで掘り起こされ、地下には地下街が広がって地下鉄が走り回り、木造家屋はどんどん打ち壊され、代わりに立ち並ぶのはもちろん立派な高層ビル。さらに都市と都市を繋《つな》ぐ高速道路も次々新設されており――と言っても、それは主に東京の西側の話である。浅草を、その高速道路はなぜかぐるりと避《よ》けるように作られている。

そのせいか、この街は見捨てられたんだ、近代都市の開発から外された陸の孤島だと客の一人がこぼしていた。

しかし田舎生まれの郷子にはよくわからない。

時代に取り残されるのは悪いことなのだろうか。果たしてなんでもみんないっしょの右へ倣《なら》えが、そんなにいいものなんだろうか。

郷子にはこの街がすてきな場所に感じられる。

もちろん助けてもらった店があるから、とも言えるだろう。

あえて通りの向こう側に渡って、郷子は今の職場となった店を眺める。

洒落《しゃれ》たレンガ造りの四階建て、二階部分にはアーチ状の装飾が施された窓が三つ並んで、入り口には「バー高野」と看板を掲げているのだが、客や街の人たちはなぜか高野バーと逆に呼ぶ。

バーだけど、バーだけの店ではない。

呼び名の理由は、そんな不思議で大らかな店の醸し出す雰囲気からくるものだろうか。

白いブラウスに黒いスカート、その上には下半身だけを覆うレースのエプロン。

それらの制服を身に着けた郷子は、おはようございますと挨拶《あいさつ》しながら厨房《ちゅうぼう》に入った。

蒸気が立ちこめて蒸し暑い。壁に並んだ調理器具はよく磨かれてピカピカしている。厨房内ではすでに中堅のコックや見習いたちが忙しそうに立ち働いていた。

まだ彼らの全貌《ぜんぼう》を郷子はよく知らない。

だが開店前の準備をしている調理人たちからは、美味しさと提供時間の狭間《はざま》で常に闘っている者特有の、ピリピリした緊張感が伝わってくる。ここは彼らにとって聖域であり戦場でもあるのだろう。

彼らに気を遣いながらも郷子は貯蔵庫から玉ねぎ、にんじん、じゃがいもといったよく使う野菜を何往復もして厨房内に運び込む。その作業が終わると、山積みになった玉ねぎの皮むきを始めた。

開店前の準備は、働き始めた頃からやっている。玉ねぎの皮むきは頭とお尻《しり》の部分をまず包丁で切り落としてからやると早いというのは、この店で教えてもらったことだった。

「いたた」

たまに手を振って痛みを散らす。冬は指のひび割れに皮が入り込むのがやっかいだ。

「キョーちゃんよ、おはよう」

コック見習いの黒川勝《くろかわまさる》がわざとらしく言って隣に並んできた。

あくびを必死に嚙《か》み殺している勝はまだ十九歳。生まれも育ちも浅草で、高野バーに勤めるようになってからもうすぐ二年になる先輩である。

「勝さん、おはようございます」

勝は隣で、郷子がむいた大量の玉ねぎをみじん切りにしていく。

「最近おとなしいな。キョーちゃんよ、ついに辞めたくなってきたか」

鼻で笑うような言い方だったが、郷子はとりすましている。

「いいえ」

辞めたいなんて、思うわけがない。

近くに生家があるからいつでも逃げ帰ることができる勝さんとは違うんですよ、なんて言うつもりはないが、少し似たようなことは感じていた。

工場から逃げて来たばかりの頃の郷子は、とにかく必死だった。

なんとしても目の前の生きる糧《かて》に食らいつかなければ死んでしまう。

そんな切迫感に突き動かされるような毎日だったから、いざこの店で仕事とアパートを与えられ、少しずつ生活が落ち着いてくると、今度彼女に迫ってきたのは失う恐怖である。この仕事とアパートがなくなったら、中卒で東京になんの縁《ゆかり》もない十七の自分は孤立無援になってしまう。こんな私を受け入れてくれる職場なんて、そうあるわけがない。

そのとき、店の料理長である、谷村武雄《たにむらたけお》が厨房に入って来た。

おはようございますとコックたちの低い声がそろい、「おはよう」と返した当の料理長は、すぐさまガス釜の準備を始めたようだった。

黙っていると強面《こわもて》の料理長は五十代、髪や無精髭《ぶしょうひげ》に白いものが少し混じり始めている。

「流行《はやり》の、電気炊飯器は使わないんですか」

玉ねぎの作業を終えた郷子は手を洗うついでに料理長に聞いた。

すると料理長の向こうにいる勝が、おまえは余計なことを聞くなという感じで目をむいている。

白黒テレビに洗濯機、冷蔵庫でもって三種の神器。そこに最近は、電気炊飯器も入るのではと言われていた。けれど自宅に三つそろっている人なんて、郷子は一度も会ったことがない。だから電化製品なんてどこか遠い国の話に聞こえてしまう。

「電気？　あんなのはダメだ。電気で炊いたやつを食べてみたこともあるがなあ」

料理長は腰に手を当てると少し下を向いて首を振り、

「直火がいちばん」

と言って頷いている。

電気炊飯器の感想は意外だった。そして同時に、郷子は不思議に思うことがある。

料理長は厨房でいちばんえらいはずの人。だが彼は勝や中堅のコックたちと違って、質問すると、なんでももったいぶらずに教えてくれる。

かつて郷子が接していた工場の立場のある男性や父親などは、みなひどく威張っていて、郷子に何かを教えてくれるなんて、まずなかった。だから聞きたいことがあるときはどうしたかと言うと、郷子は彼らにあれこれ媚《こ》びたりおべっかを使ったりするようにしていた。

そうすればなんとか彼らから必要な情報を引き出すことができる。

だからどんな要求であっても、大人の男性と意思疎通をはかるときは、おべっかがつきものなのだろうと郷子は今でもどこかで信じているところがある。

あっ、と郷子は思いつく。

「直火が美味しいのは、もしやおこげができるからでしょうか」

料理長は軽く眉《まゆ》を上げた。

「理由はそれだけじゃない。が、それもあるかもしれないな。おこげが好きなのか?」

「はい」

はにかみながら郷子は答えた。

だがこれ以上仕事の邪魔をしてはいけない。料理長の向こうに立っている勝の視線に圧を感じたので、ペコリと頭を下げてから厨房を出た。

料理長は気さくに話してくれるから、自分もつい気軽に話してしまう。でも本当はえらい人なんだから私は余計なことを言ってはいけない。まずはおとなしくお客さんや先輩たちの言うことを黙って聞く。

この場所を失うことだけはなんとしても避けなければ、と自分によく言い聞かせた。


洋食を扱う「洋食店」が民間に広まったのは明治の末から大正期。そもそも洋食は、西洋料理の流れを汲《く》みながらも日本独自の発展をとげた料理である。

だが太平洋戦争が始まると、国粋主義による排外的な動きに伴ってたちまち洋食文化は活気を失ってしまった。そして敗戦となり、意気消沈と混乱の、真っ暗なトンネルをくぐり抜けた先に待っているのが輝かしき「東京オリンピック」である。

祭典は、一年後に近づいている。と同時に庶民の、海外への関心も爆発的に高まっており、ナイフとフォークを使う洋食への憧れもまた強くなっているようだった。

しかし田舎生まれの郷子である。ニュースに出てくる庶民というのは「東京に住んでいるような庶民」という暗黙の前提を含んだ意味だから、郷子には庶民もへったくれもない。それなら工場勤務時代、洋食を食べに行ったことがあるかといえば、もちろん一度もない。だから高野バーに勤め始めて四カ月が経《た》とうとする今、なんとか仕事に慣れてきたと言っても、初めて接するものはまだ多かった。

昼の十一時、トレイを掲げた郷子は、お客さんが次々と入って来る店内に繰り出していく。

一階は二百人以上入れるビアホールふうの大箱で、ぱっと飲んで帰る一人客や数人程度のグループ客が多い。二階は「百貨店の大食堂」といった雰囲気なので、子供連れでも楽しめる。

今のところ郷子の担当は一階である。

背筋をぐんと伸ばして、煙がもうもうと湧《わ》き立つ中を彼女は歩き回る。

客席はとにかく騒がしい。あちこちで会話が交わされているところへ突如、ある一角からどっと大きな笑い声が湧き上がる。

そんな中、聞いた注文は間違いなく厨房に伝え、料理や酒をこぼさないように気をつけながら、テーブルに早く運ばなければいけない。

しかし客席は椅子《いす》の背がみっちり並んでいるので、その隙間を縫うように進むのが難しい。酔っ払いの動きは郷子にとって予測不能、いきなり立ち上がる人もいるから、トレイを掲げながら常に構えているようなところがある。

だからこそウェイトレスは周りが見えるように背筋を伸ばす、というのは基本中の基本で、障害物をさっと避けられる反射神経や、あらゆる危険予測が必要なのだろうとは思っているが、結局たいていの物事は経験を積むことでしか補えない。

農作業、家の雑用、工場のライン仕事といった経験しかない郷子は最初の頃、いろいろやらかした。帰宅後は足のむくみとふくらはぎの筋肉痛にも悩まされた。

それにしてもこの店の配膳《はいぜん》係は、ごたごたと客が蠢《うごめ》く世界を実に規則的に巡回している。その動きは譜面のようでもあり、魚のようでもあって、あのなめらかな動きを保つためには何か特殊な筋力が必要なのだろうかとある日疑問に思った郷子は、先輩たちにたずねてみた。しかし、

「うーん、慣《な》れかな」

という返事しか聞こえてこなかったから、あまり参考にならない。

開店から午後二時くらいまでは昼食目的の客が多い。

その中には酒を注文する作業着姿の客もいるから、仕事の途中に酒を飲んで大丈夫なの

だろうかと郷子は不思議に思うのだが、昼から飲めるのがこの店の特徴でもある。

午後二時を過ぎると、高齢のグループ客や観音《かんのん》さまがらみの観光客が多くなり、穏やかなにぎわいを見せ始める。そこに女性客も混じって楽しそうに酒を飲んでいる。

もちろん飲んでいるのは店の名物、文化ブランである。

小さなラッパ型のグラスに入った文化ブラン。それをジョッキに入ったビールと交互に飲むというのが、この店のおすすめらしい。

「チャンポンなんて、見ているだけで酔いそうだ」

見習いコックの黒川勝は前にそう言って、うんざりした顔を隠そうともしなかった。酒の匂《にお》いが苦手らしい。

文化ブランはこの店オリジナルのカクテル酒《しゅ》で、店主でありおかみでもある高野とし子の祖父が開発したものだった。

酒をつぐのは、とし子の担当である。

今日も彼女は店の奥にある、壁を背にした台の内側で立ち働いていた。
三十七、八くらいに見えるとし子はにこりともせず、少しけだるそうな雰囲気で、淡々と酒をついでいる。髪は後ろで一つにまとめ、今日はひとえの黒い着物——よく動くからひとえしか着ないらしい——に郷子と同じ、下半身を覆う白いエプロンを着けていた。
郷子は、とし子がついだ文化ブランをトレイにずらりと移し、運ぶ前にそっと顔を近づけてみた。すると薬酒に似た香りがし、蟬《せみ》の抜け殻のような色をした液体には、丸い目をした自分の顔がいくつも映り込んでいる。

夕方の五時を過ぎると仕事帰りの客が流れ込むように入って来て、あっという間に戦場のような忙しさが訪れた。

やれやれ今日も終わった。そんな客たちの解放感はすぐさま活気に変わり、照明の輝きは増し、テーブルの飴《あめ》色もますます深くなって、客席全体が文化ブランそのものに浸《ひた》っているような酩酊《めいてい》を帯びてくる。

だからこそ、こちらは冷静さを失ってはいけない。

きりりと表情を引き締めて郷子は客席を回った。

酒量の増した酔っ払いの中には軽口を叩《たた》く者がいる。マナー違反をおかす客には隙を見せない、という姿勢が結果的に店を守ることにつながるのだと、最近になって郷子は気づき始めていた。

けれど郷子はそもそも酒を飲んだことがないから、何がマナー違反なのか、その線引きもまたよくわからない。

「おっ、キョーちゃん」

歯切れのいい声とともに手を挙げたのは、植木職人の孫六《まごろく》さんだった。

「いつものほら、ブランとビールとしやっこ。あとナポリだ」

一気にまくし立てると、孫六さんは相席している見知らぬ客の方を向いた。

「ちょっとしを貸してくれませんか。しだよ、し、わからねぇかなあ。そうだ、うんそう、それですよ、すみませんね」

借りたマッチを使ってキセルに火をつけると、手刀を切る動きをしながら相手にマッチ箱を返し、残った軸を使って、灰皿を自分の方へ引き寄せている。

それからうまそうにキセルを吸っていた。

よく焼けた小さな顔に、小柄な体つき、皺《しわ》の多い手。そこへ使い込んだ藍《あい》色の半纏《はんてん》を着ている姿は、いかにも機敏な職人らしい雰囲気がある。

「キョーちゃんよ、仕事は慣れましたか。うん、そうか。だがこういう寒いときこそな、しる休みは外に出て、しに当たるくらいのほうがいいよ。しかり輝くようなおしさまに当たればしと心地つくっていうのかな、誰《だれ》しも元気になるもんだ」

孫六さんは早口だから、郷子は毎回コクコクと頷くばかり。

毎日一人で来て、酒は二杯、つまみはいつも同じ。最後は決まって箸《はし》でナポリタンを蕎《そ》麦《ば》のように勢いよく啜《すす》ると三十分もしないうちに席を立つ。朝が早いので寝るのも早いのだという。

せっかちながらも孫六さんはいつも同じ行動を取り、テンポも決まって一定なので、うまく説明できないが郷子は彼に不思議な安堵《あんど》を感じ、彼を見つけるとなぜかほっとするのだった。

だからといって、もちろん特別扱いはしない。それにそんなことをされて喜ぶような人でもない。空《す》いているときは庭仕事について教えてくれることもある。だが前に「シヤシンスだよシヤシンス！　わからねえかなぁ」と言われたときは耳で理解ができず困ってしまった。

そして孫六さんと同じく、郷子が気になっている客が他《ほか》にもう一人。

「なんだいえらそうに！　あの細い首に巻いてるネクタイをこう、ぎゅっと絞め上げてやりたいね」

憎々しげに言いながらテーブルに手をついてゆっくり座ったのは、浅草寺《せんそうじ》の境内《けいだい》の裏手で占い師をやっている金剛《こんごう》さんだった。

店に入って来たとき酔っ払いとぶつかって、スカートの裾《すそ》を踏まれたらしい。

観音さまの裏手には、小さなテントを店代わりに張って営業をしている占い師がたくさんいて、その中の一人が金剛さんだ。夜になると手相図や人相図が描かれたテント内に灯《あか》りが点《つ》いて、暗闇にぼうっといくつも浮かび上がるテントの群れは不気味だが、離れた場所から見ると幻想的でもあった。

金剛さんの常連には芸人や起業家も多いようだ。

しかしなぜか有名になったり出世したりすると、来店しなくなるのだという。

「まったく礼儀知らずな人間が増えたもんだ。まあ、平穏無事なら構わないがね」

右の薬指に、ダイヤモンドの指輪がきらりと光っている。

そんな手で金剛さんは文化ブランの入ったグラスをあおると、箸でクリームコロッケをサクッと切って口に運んだ。

外国人ふうに癖をつけた真っ白なセシルカット、皺の少ない顔にはきれいに化粧を施し、今日はワイン色のワンピースを着ていた。

まずご飯に洋食のおかず、後半には文化ブランをチョビチョビやる、というのが金剛さんが頼む「いつもの品」だった。

洋装など洋のつくものが禁じられていた時代が長かったせいか、今は洋食に惹《ひ》かれるのだと前に言っていた。ちなみに年齢不詳な彼女は話の中に関東大震災や米騒動といった話題がよく出てくる。そしてそれが詳細に語られるので、六十を過ぎた明治女では？と店員の間では囁《ささや》かれていた。

以前郷子は新調した服を着て現れた金剛さんに、「公民館の垂れ幕みたいですね」と言って失敗したことがあった。しかし自分の故郷に立派な場所は公民館くらいしかなかったのだと正直に伝えて謝ると、「これはビロードっていうのさ」と、改まって教えてくれた。

戦時中に金剛さんが疎開した先は長野《ながの》の山奥だったらしい。そして垂れ幕の一件以降、郷子によく声をかけてくれるようになった。

「このクリームコロッケには、お醤油《しょうゆ》が入っているね」

「え、醤油ですか?」

金剛さんのテーブルの近くに残っていた、別の客の食器を片づけながら郷子が言った。キャベツの千切りが添えられたクリームコロッケには、トマトソースがかかっている。むしろ感じられるのはきつね色をした衣の軽い歯ごたえや、ホワイトソースのまろやかさ、隠し味であるバターの風味、それとは対照的なトマトソースの酸味など、そのあたりではないだろうか。

疑問を浮かべる郷子に向かって金剛さんは背をそらし、眉をしかめる。

「なんだい、こんな立派な店で働いているのに、お郷は何も知らないのかい?」

「すみません」

試食したときはクリームコロッケのハイカラさに興奮するばかりだった郷子は、申し訳なさそうに首をすくめるしかない。ちなみにこの店で「お郷」と呼んでくれるのは金剛さんだけだ。

「まあ、勉強しておくんだね」

店のナプキンで口を拭いて席を立つと、「ふらふらしてるんじゃないよ! 植木等《うえきひとし》にでもなったつもりかい。しゃんと自分の足で立てないような人間が、よく人さまから給料なんてもらえるもんだねっ」と、またサラリーマンの酔っ払いに文句を吐きつけている。

口が悪い、だけどその分、変にネチネチしたところはない。

会計の際はそろばんを弾《はじ》いた郷子に向かっててのひらを前に突き出し、首を横に振る。

釣り銭はいらない、これも毎回同じだった。


客もだいぶ引いて、郷子の勤務時間も終了という時分、おかみのとし子が一人の客を追い返していた。

「俺《おれ》は客なんだから、少しは融通利かせろよぉ、なあ」

と、三十代半ばくらいの男が入り口あたりでからんでいる。

しかし声の大きさとは裏腹に、呂律《ろれつ》も足もともおぼつかないようだ。

「ダメなものはダメですよ、うちはそういう決まりなんです。お帰りになってください」

ぴしゃりと言い放つとし子の隣には、若いウェイターが立っている。

酔っ払いがおかみに手を出さないように見張っているのだろうか。チラチラと客席から見ている郷子もまた、とし子に何かあったら男にすぐ飛びかかってやろうとうかがっていた。

基本的にツケは一度だけ、そしてツケを払わない客は二度と店に入れない。

それがこの店の決まりだった。

「あの男、秋葉原《あきはばら》の現場で見かけたな。岩崎《いわさき》とか言って真面目《まじめ》そうだったよ」

「今はオリンピックでほら、あちこち忙しいから疲れてるんだろ」

作業着姿の客たちは岩崎と呼ばれた酔っ払いを擁護する。

けれどとし子は断固拒否の姿勢を崩さない。酔っ払い相手にいちいち譲歩していたら商売にならないからだろうか。

そうしてしばらく渋り続けていた岩崎だったが、結局、入り口横の壁を背にしてズルズルと座り込み、ついにはそのまま眠ってしまった。

とし子は、だらしない姿勢で寝ている岩崎のジャンパーの内側から財布を抜くと、中からボロボロの紙片を見つけ出し、隣に立つウェイターに見せた。

若いウェイターは頷いて、店の外へ走って行く。

寝込んでしまった岩崎を傍目《はため》に、「すみませんね」と言いながらとし子は他の客の会計をやっていた。困ったもんだねとおかみに同情している客もいる。今にも雪がちらつきそうな夜空の下に放り出すわけにもいかないのだろう。

郷子の退勤時間がきた頃、外に出ていたウェイターが戻って来た。

彼は、岩崎より少し若い痩《や》せた女を連れていて、女は小さな男の子の手を引いていた。

よほど急いで来たのだろうか、二人とも、コートもマフラーも着けていない。

男の子から手を離した女は、慌てて岩崎のもとに駆け寄ると、「あんた、何やってんの」と強く言って肩をゆらしている。だがなかなか起きないようで、「起きて、もう困った人なんだから」としゃがみながら労《いたわ》るように話しかけ、今度は優しく肩を叩いていた。

女は岩崎の妻で、男の子は二人の子なのだろうか。

そして妻の声でやっと目を覚ました様子の岩崎は、ぎょっとしたように目を見開き、

「おい、どうしてここに……」

と洩《も》らしたが、それ以上は酔いもあって言葉が出てこないようだった。

岩崎は妻の伸ばした腕を助けに起き上がると、彼女の身体に寄りかかり、ずるずると引きずるような足取りで歩き始める。

その傍《かたわ》らで、母親の手を離れていた男の子が、いつの間にか客のテーブルの料理をじっと見つめていた。

「もしかして、お腹《なか》がすいているの？　晩ご飯は食べた？」

とし子が声をかけると、赤いほっぺたをした男の子は口を閉じたまま首を振る。

「太《ふと》っ、もう出るのよ！」

岩崎の妻が夫に肩を貸しながら余裕のない声を飛ばした。

ピクッと反応した赤いほっぺたの太は、母親をじっと見、その意を察したのか客が開けたガラスドアの隙間からそそくさと、二人の親より先に外へ出て行ってしまった。

「お騒がせしてすみませんでした」

恥ずかしそうに頭を下げる岩崎の妻に、とし子は未払いの件を切り出している。

岩崎の妻は、今持ち合わせがないから後で払いに来るのでもいいだろうかとたずねていた。構わないと答えたとし子は、そのあと二、三会話を続けてから、さらに切り出す。

「失礼ですけど、こんなことを繰り返しているようでしたら、ご主人は病気なんだと思いますよ。身体のこともありますからお医者に見てもらったらいかがです?」

すると岩崎の妻は憂鬱《ゆううつ》そうに顔を上げ、今までの気弱そうな雰囲気とは打って変わって、急に険のある目をぎらりと向けた。

「うちの亭主の何がわかるっていうの。嫁《とつ》ぎもしない年増《としま》女がこんな店で働いて、どうせ客と何かあるんでしょ」

囁くような声だった。

けれど悪意のこもった言葉はよく通る。

とし子に向けられたものだとわかっていても、郷子は胸にちくんと小刀の先を突き立てられたような痛みを感じた。こちらに背を向けているとし子の表情はわからない。だが少し間を置いてから、

「さっきからあの子、心配そうに見てますけど」

と、普段の調子で言って顔の動きでドアの外を示していた。

その先には服の袖《そで》で鼻水を拭きながらぼんやりと立つ、小さな太の姿がある。

睨《にら》むような目を向けていた岩崎の妻は何も言わない。ずり落ちそうな夫の腕を首の後ろに回し直すと、こちらに背を向けて表に出て行った。

そんな両親のあとを、トボトボついていく太の頭に綿帽子ができている。

「今度はご飯を食べにいらっしゃいね」

ガラスドアから出たとし子は、太の背にのんびり声をかけていた。

そうして襟を直しながら戻って来ると、さっきのやりとりが聞こえたのか、入り口付近の客やウェイターはきょろきょろしたり、とし子から目をそらしたり、気まずい雰囲気を漂わせている。けれどとし子は奥の、酒を作る台の方へまっすぐ歩いていく。小さな騒ぎなんて気づかない客が大半だから、店内は変わらず穏やかな活気に包まれている。

こんなことは日常茶飯事、いちいち騒いでなどいられない。

そんな風情《ふぜい》が、とし子からは感じられる。だから他に助けを呼ばなかったのだろう。それなのに郷子は胸が痛かった。自分が傷ついている理由がわからない。

カウンターに固定されたビールサーバーからビールをついでいるとし子の前を郷子がウロウロしていると、

「雪が降ってるんだから、早く帰りなさい」

とこちらに目もくれず、とし子が言った。

ぼんやり立っていたせいか客の背がどしんと当たってくる。すみませんと頭を下げた郷子は、お先に失礼しますと店員たちにも挨拶し、店内を後にした。

更衣室で着替えると、いつものように、工場勤務時代に使っていた小型のバールを防犯対策のため、ワンピースのポケットにひそませて傘もささずに外へ出た。

地面にうっすら積もり始めた雪を見たら、さっきの男の子の姿が頭に浮かんだ。

母親の顔色をうかがっていたのも、薄着のまま一人ぼっちで店の外で待たされていたのも、大人の事情に巻き込まれているようで気の毒だった。

胸の痛みの正体もわからない。その晩、郷子はよく眠れなかった。


眠りが浅いと仕事にもろに影響が出る。それは工場時代に嫌というほど経験していた。

いけない、いけない、しゃっきりしろ!

客や店員から見えない場所で郷子は自分の頬《ほお》をピシャピシャ叩いて戒《いまし》める。

昨晩は雪が降ったせいか今日は客が少ない。午後になるとそれがいっそう顕著になり、テーブルには空席が目立ち始めていた。

忙しいときは雑念なんて浮かばない。空いているときこそ「魔の時間」である。

早めに休憩を取ったほうがいいだろうかと迷っていたら、客が何組か入ってきた。

「あの、私が接客しますから、先にどうぞ」

気づいた郷子は別のウェイトレスに休憩をうながすと、自分は新たな客の方へ、トレイを持って向かう。

「畠山《はたけやま》さん、最初だけ手伝えばいいからね。ずるずるやってたら、いつまでたっても休憩なんて取れないから」

先輩のアドバイスの声に振り返った郷子は、はいと言って頷いた。

五人のスーツを着た男性客は仕事で浅草に来たようだった。

席に着いたとたん株価がどうとかセメント不足がなんだとか、夢中で話している。

「まずは酒だ。酒が有名なんだよな、この店は」

すでに酒の匂いを発していたが、全員が文化ブランを注文した。つまみはチーズやクラッカー、ソーセージなど簡単なものしか頼まないから、たぶん食事は済ませているのだろう。

「ビールも頼んだほうがいいの?」

七三分けに縁の太いめがね、首から下げているのは最新のカメラ。いかにも大卒のサラリーマンといった風貌《ふうぼう》の男が聞いた。

「そのほうが美味しいと言っている方が多いです」

「多いですって、飲んだことないの?」

はいと郷子が答えると、五人全員が示し合わせたように笑った。

「ここで働いているのに飲んだことないの? じゃあお嬢ちゃんはなんのためにいるの?

今はなんでもスピードの時代だよ。情報に疎《うと》いノロマな社員なんて、うちならお払い箱だ」

解雇だ解雇だ、でもここはまだ江戸時代だからと同伴者が調子を合わせるように言って手を叩いている。

江戸時代というのは浅草に根づく江戸文化のことだろうか。それに何がそんなにおかしいのか郷子はわからなかった。だが集団になるとやたら気持ちが大きくなる人がいるというのは、経験上知っていた。

笑い転げる客を無視して、郷子は厨房へ注文を伝えた。

つまみが用意される前に五人に酒を運び、そのあと、でも、と郷子は頭の隅で考える。

さっきの客の言葉にも一理あるような気もする。文化ブランもビールの味も知らないようでは、お客さんに具体的なことは伝えられない。だから自分も少しは飲んでみたほうがいいのだろうか。

酒は二十歳からというのは、大正時代から言われている。

だが工場勤務時代の郷子の同期の中には、こっそり飲酒していた子もいたようだった。故郷の兄たちは親に隠れて十代の初め頃からつるんでよく飲んでいた。

今のところ、郷子は二十歳まで酒を飲む予定はない。けれど心がモヤモヤしたり、精神的に追い詰められたときは、ちょっと試してみようかなと思うことはある。

酒を飲んだらたまに浮かんでくる、正体不明の焦りやみじめな気持ちが、少しは消えてくれるのだろうか。あの苦しさから逃れることができるのだろうか……。

「酔っ払いの相手なんて大変だ。まだ十五、十六、それくらいか」

最近よく見かける六十代くらいの男性客が話しかけてきた。

茶色の帽子に同色のジャケット、スラックス、どれも表面が毛羽だっている。

「ええ、まあ。追加のご注文ですか」

しかし男のグラスには半分以上酒が残っていた。

ずるずるやってたら、いつまでたっても休憩なんて取れないから。

さっき言われたことを思い出し会釈して立ち去ろうとすると、男は郷子を引き止める。

「あんた故郷《なま》はどこ？　親御さんのもとには帰ってるの？」

語尾から訛りを聞き取って、当て推量を言っているのかもしれない。そう思いながらもどう返したらいいかわからず郷子が黙っていると、男は急に得意げな顔をする。

「あ、その顔は帰ってないんだな。それなら不良娘だ」

睡眠不足で疲れていたせいか郷子はソワソワするような苛立《いらだ》ちを感じた。

だがやはり、なんと返していいのかわからない。困っている様子を見抜いたように男がにやりと笑う。

「まったく親不孝者だね。親の心、子知らずとはこのことだ」

すると郷子の周りからふいに音が引いた。

入れ替わるように、どっ、どっ、どっ、と耳のそばで響きだす。

音はたちまち早くなり、胸が苦しくなってきた。その苦しさを、いやいやたいしたことではないと必死に押し隠そうとすればするほど、正体不明の不安が風船のように膨らんで、喉《のど》の奥をふさいでいくような感じがする。

茶色の帽子の男を無視して、厨房前のカウンターに速足で向かうと、郷子は準備されていたつまみをすばやくトレイに移し、さっきの五人のもとに運んだ。

それから休憩のふりをして店の奥に駆け込んだ。廊下の突き当たりにある便所に入って個室のドアを閉め、奈落《ならく》を彷彿《ほうふつ》とさせる真っ暗な便器の穴に落ちないように開いた足を左右につっぱりながら、ぜえぜえとあえぎ始める。

心臓が早鐘を打っていた。それは工場の重機の音によく似ている。

どうしたんだろう、しばらくこんなこと、なかったはずなのに。

肩をはげしく上下させていると、ますます呼吸が浅くなってきて、頭の中がぼうっと白く霞《かす》んでくる。苦しい、このまま自分は死んでしまうのではないか。

そんな切羽詰まった恐怖を感じるのは、工場の勤務時代に経験したときと同じ症状だった。

結局狭い場所にいるのが耐えられなくなり、個室の外に飛び出すと、ありがたいことに手洗い場には誰もいない。

キョーちゃん聞いて、呼吸が不自然に速くなってるから苦しくなるの。

そう教えてくれたのは工場で仲良くなった同い年の女の子だった。

私も同じようなことが何度かあったからわかるの。そういうときは怖くても、いったん息を止める。次に同じことがあったらやってみて。

覚悟を決めてぐっと口を閉じると、頰を流れていく涙が温かい。

苦しいながらもそれが郷子にはせめてもの救いだった。

休憩のついでに場を外しただけ、誰にも気づかれていないだろう。

しかし鏡を覗《のぞ》くと目が腫《は》れていたから、郷子は冷たい水でざぶざぶ顔を洗って、それから便所を出た。

と、廊下に誰かいるようだった。

薄暗い中目をこらすと、廊下の端に置いてある木箱にとし子が足を組んで座っている。

郷子が近づいていくと、足もとにあるチェリーの空き缶にたばこの火を押しつけて、立ち上がる。

「上野まで買いものに行きたいの。付き合ってもらってもいい?」

たいていの品は確か配達してもらっているはずだけれど。

不思議に思いながらも、はいと返事をした郷子が大急ぎで店の大きなリュックを取って来ると、とし子はさらに言う。

「寒いから、上に何か着てきなさい」

制服の上にウールのカーディガンを羽織った郷子は、とし子とともに裏口を出て、雷門前の停留所《ていりゅうじょ》から都電に乗った。

黒いコートを着たとし子は大きなかごバッグを下げている。

雪はとっくに止《や》んで、都電の窓の向こうにはきれいな青空が広がっていた。

座席に座ると午後のやわらかな日差しが郷子の上にすっぽりと降り注ぐ。まるでお風呂《ふろ》に入っているようで、暖かい。チンチン、チンチン。のんびりした音が頭の上を通り過ぎていく。まぶたが少しずつ落ちてきて、コクンと頭が前に倒れ、しばらくの間ふんわりした気持ちのいい穏やかさに包まれた。

「ほら、着いたわよ。キョーちゃん」

眠っていたようだった。

郷子は慌ててリュックを背負うと、都電の車両から降りて行くとし子のあとを追った。

晴れたとはいえ車外に出るとキンと冷たい空気が頬をさす。

無意識のうちに肩をすくめたとき、首の周りに千鳥格子《ちどりごうし》のマフラーが巻かれているのに気づいた。

「あっ、おかみさん！」

コートの襟を立てているとし子は、そのままでいいからという視線を送ってくる。また歩き出した彼女のあとを郷子は追った。もしかして都電の中で巻いてくれたのだろうか。

道の両脇に雪がよけられ、小さな山のようになっている。

コツコツと靴を鳴らしながら、とし子はアメ屋横丁《やよこちょう》へ入って行った。

アメ横は戦後、闇市《やみいち》として機能していた土地で、アメという名の由来通り菓子などの食品店が多く、横丁の左右には今も露天の雰囲気を残した店が所狭しと並び、迷路のようになっている。

一軒の輸入食品店に入ったとし子は、店内にずらりと並んだ缶詰の中から、業務用トマトのホール缶を見つけだすと、それを指でさしながら店員に数を伝えていた。

「寒い中わざわざ来てもらって、すみませんね」

奥から店主がゆっくり出てくると、とし子は彼を気遣っている。

いつも配達してもらっているが、今日は店主が腰を痛めたので直接買いに来たという事情のようだった。

店主が入り口から少し入った場所にある一角に、とし子と郷子の二人に座るよう勧めると、二人はそこに並んで座った。それから二人の前に置かれた、ビール瓶のケースに板を

張っただけのテーブルに、

「どうぞ」

と店員が温かいコーヒーを出してくれた。その横にコンデンスミルクの缶が並んでいる。

「これ、うちの新作なんです。せっかくですからゆっくりしていってください」

店主はそう言い残し、腰をかばうような歩き方で奥に戻っていった。

喫茶店というわけではないが珈琲豆《コーヒー》も店の主力商品のようで、挽《ひ》いたばかりの豆を使って淹《い》れてくれたらしい。そして今二人が座っているのは普段店主がいる場所で、店の前がよく見える。足もとには火鉢もあった。

「じゃ、いただきましょうか」

とし子がカップに口をつけ、それを離し、ふうっと息を吐いたのを見てから郷子も口にする。

焦げ茶色の液体に、深煎《ふかい》りした豆の芳醇《ほうじゅん》な香りが溶け込んで、冬の寒さとよく似合う。

でも、なかなか苦い。

郷子が顔をしかめていると、とし子がコンデンスミルクの缶を目で示した。

牛の絵が描《か》かれた缶に穴が二つ開いている。郷子はそれを傾けてコーヒーに入れた。

どろりとしたミルクをたっぷり注いでからスプーンで混ぜて口に含むと、とがった苦みが消え、濃厚な甘さに舌が躍る。

「美味しい。こっちのほうが甘くて、私には美味しいです」

こっそり囁いてからさらに飲むと、お腹の底からぽかぽかと温かくなってきた。

郷子に向かって、前を見たままのとし子が話し出す。

「このあたりは戦後になって、満州《まんしゅう》やシベリアから引《ひ》き揚《あ》げて来た人たちや、復員兵たちが集まってできた場所なの。できてからせいぜい十七、八年かしら。みんなほら、気持ちがすさんでたから、闇市がまっさかりだった頃は愚連隊《ぐれんたい》とか、よくウロウロしていたわね」

アメ横は自分と同い年なのか。それに復員兵や引き揚げて来た人たちはたぶんいろんな理由があって、生まれ故郷に帰ることが叶《かな》わなかったのだろう。

と郷子が思っていると、視界の端からトトトと小さな女の子が現れて、店の前で突然つまずいて転んでしまった。

顔を上げ、しばらく女の子はきょとんとしていたが、急に怖くなったのかワーンと泣き出した。

そこへ慌てて駆け寄って来たのが母親である。「あらぁ痛かったー、怖かったねー」と言いながら立ち上がった子をあやし、「痛い痛い」と女の子が泣きながら主張すると「痛いの痛いの飛んでけー」と膝《ひざ》や手をさすってやっている。

「ああやって子供は最初、自分は大事にされる存在なんだ、痛い、悲しい、苦しいってどんな感情でも表現するのが許される存在なんだって学んでいくのよ、たぶんね」

「はあ、そういうものですか」

とし子が何を言おうとしているのかわからないので、郷子は目前の親子を冷え切った目で眺めている。

「もしもあの子のもとに、さっきみたいに寄り添ってくれる親が永遠に来ないとしたら、どうなると思う?」

「痛くてもつらくても、がまんするしかないと思うんじゃないでしょうか。子供ですから」

「そうよね。それなら『泣くんじゃない、男の子でしょ』って頭から怒ったり無視したり、子供の感情を否定して認めないような親だったら、どうなるかしら」

郷子はとし子の方に顔を向けた。

「あの子、女の子ですよ」

「たとえばの話よ。女の子でもあるじゃない、お姉ちゃんでしょとか、いつまでも甘えるんじゃないとか、よく言われるようなことよ」

うーんと郷子は首をひねる。

「どうして自分の気持ちに気づいてくれないのかな、私は自分の感情を感じたらいけないのかなって悲しくなる。親を怒らせる自分が悪いのかもって、自分を責めるようになるかもしれません」

「そうよね。親にどんな事情があったとしても、子供はもちろんそれがわからないから、そうやってまず自分を責めるのよね」

つぶやいたとし子がさらに言う。

「キョーちゃんが今言ったようなことが何十回も、何百回も続いたら、あの子はどうなるかしら」

そこからはストンと腑《ふ》に落ちる。

郷子は立ち上がるような勢いで、ぐんと腰を伸ばした。

「きっと不良になると思います。誰も私の気持ちなんてわかってくれない！　親も社会も自分に都合のいいことばっかり言って許さない。オリンピックがなんだ！　世の中なんて滅びればいい！」

「あら、急に力強くなったわね。怒りは親から自立するために必要なエネルギーだわ」

それで、と、とし子が先をうながす。

「不良が集まれば最後は愚連隊です。この店の商品を盗んだり壊したり、自分の利益のために他人に因縁《いんねん》をつけてからんでいったり、迷惑をかけるような人間になると思います」

そう口にした途端、郷子の目に列をなす闇市時代の愚連隊が見えてくるようだった。

しかし自分の姿はそこにはない。

やさぐれている彼らの気持ちもわからなくはない。けれど徒党を組んで乱暴を働くというのは、どうも違う。だから自分は工場から一人で逃げて来たのだ。

「じゃあ、さっきの心が不良みたいになってる子がもう少し大人の視点を持っていて、自分を客観的に顧みたり、自分の感情を抑制したりする力がある子だったら、どうなるかしら」

たぶん周りに合わせながら、自分の気持ちをがまんするようになるだろう。

周囲を気にしながら、つらくても、悲しくても、泣きたくても、悔しくても、全部がまんするようになるはずだ。「がまん」というラベルを自分に貼《は》って、ぎゅぎゅぎゅうっと強く押し込んで、親に認めてもらえない感情なんていらないって、なかったことにするのかも……。

あれっ、と郷子は思った。

いくら重たい漬け物石を置いたって、手品ではないのだから、漬け物自体が消えることはないだろう。それなら押し込んだものはいったいどこへいったのか?

急に心の中が静かになった。膝に手を置いたまま、郷子はじっと眉を寄せて考える。

「もう飲んだわね」

と、郷子のカップが空になったのを見計らったとし子が店員を呼んだ。

店員はトマトの缶詰を載せた台車を押しながらこちらにやって来る。その後ろから店主も続いた。

「いい香りで、とっても美味しかったです。ごちそうさまでした」

立ち上がって話すとし子の感想に、こちらこそこんなものしか出せませんが、と店主は気を遣っている。

「でもうちの缶詰が洋食のソースに使われてるなんて、驚きましたよ」

「生のトマトも使うんですけど、缶詰を使うと生より濃厚な仕上がりになるんです」

それを聞いて郷子も驚いていた。

店員が業務用の缶詰をとし子のかごに二つ、郷子のリュックに三つ入れてくれる。リュックを背負うと膝にずっしりきたから、五キロ以上はあるだろうか。

「大丈夫かい？」

店主が心配そうに聞いた。

「はい。コーヒー美味しかったです、ごちそうさまでした」

郷子がペコリと頭を下げると、白髪の店主は一つ頷く。

「礼儀正しい子ですね」

「ええ、頼りにもなるんですよ。ちょっとがんばりすぎじゃないかって、心配になるくらい」

とし子の言葉に、へえ、と漏らした店主は続ける。

「いいねえ、若い人は。これから世の中は上《のぼ》り調子だから、未来は明るいよ」

帰り道、リュックを背負いながら郷子はまた、とし子のあとを歩いていた。

ふと見た時計屋の、ショーウィンドウに飾られた振り子時計は三時半を指している。陽《ひ》が傾き始めていた。けれど郷子は耳が熱くて、行きの道より寒さを感じない。親に対する恨みや、工場から逃げた後ろめたさや悔しさを引きずっていた自分が、なぜか急に小さい人間のように感じられてくる。

都電に乗ると、またとし子と並んで座った。

座席に張ってあるエメラルド色の布はツヤがあって柔らかい。これはビロード、と店で金剛さんから聞いた知識を深めるために胸の内で反芻《はんすう》する。

「さっきから変な顔して、どうしたの？」

とし子に聞かれ、はあ、あの、と郷子はうつむいた。

「少し前の自分を思い出したらなんだか急に恥ずかしくなりまして。よくわからない、落ち着かない気持ちなんです」

うまく言えない。

礼儀正しいとか頼もしいと言われ、背筋が伸びたような、恥ずかしいような。

「それが思春期ってやつじゃない？」

「そういうものなんですか。私、思春期を経験するのが初めてだから、よくわからないんです」

「二回経験する人なんていないと思うけど」

そうですよねと言って郷子は目を細めて、へへへと笑う。

「キョーちゃんくらいの年齢は、気持ちがあっちにいったりこっちにいったりする時期なんじゃないかってこと。でも何か変化があったからこそ、少し前の自分と比べて恥ずかしいなんて感じるんじゃないかしら。他人と自分を比べて悩むのは時間の無駄だけど、過去の自分と今の自分を比べるのは、悪いことじゃないって私は思うわ」

えっ、と声に出して郷子はとし子の方に身体を向けた。

「おかみさんは、他人と自分を比べて悩んだりしないんですか」

そうねぇ、とつぶやいたとし子は睫毛《まつげ》を伏せる。

「そういう時期もあったかもしれない。でも、他人と比べるなんて無駄じゃないかしら。だって他人が私の何を知ってるっていうの？　私も他人の詳しいことはわからない。ちょっと知ってることを膨らませて、相手に偏見の目を向けるのって簡単なことよね」

さらに郷子は恥ずかしくなって、うつむいた。

これがとし子を支えている背骨なのだ。

「嫁ぎもしない年増女」とか「どうせ客と何かあるんでしょ」とか、そんな指摘は根拠のない無責任な発言でしかない。しかしそんな言葉を、それもとし子に向けられたものであっても、まともにくらって自分が傷ついてしまったのはなぜだろう。自分はおかみさんに対する信頼が足りないのだろうか。

「ちょっと話が変わるけど、前にキョーちゃん、ビーフシチューとカレーと、ハヤシビーフがそっくりだって言ってなかった?」

はい、と郷子は頷いた。

どれも茶色くて、どろっとしているから、似ているなと思ったのだ。

「そこはまだ勉強の余地があるわね。ビーフシチューはカレーにはなれないし、カレーもまた、ハヤシビーフにはなれないのよ。色や見た目は似ていても、まったく違う別もの。つまりそういうことね」

そのたとえが気に入ったらしく、とし子は満足そうな微笑を浮かべて頷いている。

だが、郷子は余計わからなくなってしまった。

「うーん、それは……あっ、トマト缶!」

思わず声をあげたので、向かい側の席で眠っていた老人がビクリと肩をゆらし帽子を落とした。その動きで、老人の隣に座っていた女性が抱いていた赤ちゃんも泣き出した。

郷子は慌てて席を立つと、ごめんなさいと謝って、すばやく帽子を拾って老人に返し、配膳の仕事のときは後ろで一つにまとめている髪の先を鼻の下に持ってくると、「ほーらお髭だよ」と言って赤ちゃんをあやす。

ひとまず泣きやんでくれたのでほっとした。それから席に戻って、考える。

つまり見た目だけではわからない料理の違いは、材料や調理法の違いによるものだろう。人間も同じで、一人ひとりをかたちづくっているものは、まったく違う。その違いはつまり……。

郷子のお腹がぐうっと鳴って、とし子が眉を上げた。

「お昼、食べるのを忘れてました」

「それなら買いものに行くまで何してたの？」

ええと、と言い淀《よど》んでから郷子は答える。

「お客さんから『親不孝者』とか『親の心、子知らず』って言われて、気分が悪くなって、心臓が変にどきどきして……。私、たまに、ちょっと長い時間息が苦しくなることがあるんです」

ああ、と同情を寄せるように洩らしたとし子は表情を曇らせる。

「その症状は、いつからあるの？」

「群馬にいたときからたまに。工場時代にもありました。高野バーに勤めてからは初めてです」

「ふうん、そうだったのね。それなら苦しくなるのはたとえば、どういうとき？」

困ったように顔をしかめた郷子は、膝の上でぎゅっと両手を握りしめた。

「こんなこと……おかみさんに話していいんでしょうか」

「店の外でまでおかみヅラする気はないから、気にしないで」

はあ、と郷子はためらうように息を吐く。

「親に、きょうだい同士であれこれ比べられて、おまえはクズだとか女はいらなかったんだって言われたり、工場で生産ノルマを達成できなくて、みんなの前で罵られたりしたときとか……」

「まあ、なんてひどいことをするのかしら」

怒ったように声を張ったとし子が、眉間《みけん》に強く皺を寄せた。

「キョーちゃんは若いのに、工場からよく逃げて来たって、私は思ってるの。だってそんな扱いをするような場所で働き続けていたら、心が死んじゃうでしょ?」

「心、ですか」

顔を上げた郷子はきょとんとする。

「そうよ、心が死んじゃったら身体だってついていけない。大事なのは世間や親やえらい人たちじゃなくて、まずは自分のここ」

とし子は胸もとに手を置いて、うながすように郷子を見る。

郷子も同じように自分の胸に手を当てた。

「一人ひとり、自分の人生を生きる権利が誰にでもあるのよ。男も女も、親も子も、田舎生まれも都会育ちも関係ない。人はそれぞれ違うの。だからどんな相手であっても、自分を大切に扱ってくれない人のもとになんて留《とど》まってはダメ。キョーちゃんは自分の心の声を聞いて、自分を粗末に扱った工場の人間から逃げた。でもあなた、そんな自分をどこかで責めてるんじゃない？　そういうの、癖になってない？」

ゴクリと息を飲んだ郷子は、とし子から目をそらす。

「癖になっているかも、しれません」

喉は苦しくない、大丈夫だ。

自分にそう言い聞かせながら郷子は、親を怒らせる自分が悪いのかもしれないと思ったときの、自分の心を振り返る——私をよく知らない人から「親の心、子知らず」なんて言われてショックを受けたのは、たぶん私が自分のことをちゃんと受け止めていないからだ。それは親を怒らせる自分のほうが悪いと、どこかで思っていたからかもしれない。世間や親の尺に合わせられない自分を責める癖がついていたのかもしれない。だって私はずっと、親や世間の要求に従順でいるように求められ続けていたから。痛い、悲しい、苦しい、そんな感情を素直に表現することが、自分は許される存在ではないと思っていたから。

急に、心臓が飛び出しそうな勢いで強く脈打ち始めた。

ああ、これだと郷子は本能的に感じた。

この恐怖と不安が、自分をかたちづくる材料の一つで、私がずうっと目を背けていたものに違いない。

強い心臓の音をなだめるように頬を撫《な》でた郷子はポケットをまさぐった。

だが今は制服なので、自分にとってお守りのような存在である工場時代のバールは入っていない。だからソワソワと目を泳がせながら、ビーフシチューとカレーとハヤシビーフの違いについて思い出す。それらの違いを知るためには材料や調理法の違いを調べる必要があるだろう。それなら今、私自身の中にある材料にも、ちゃんと目をこらさないと。

親に強い不満を感じていたのにどうして私はその要求に従順でいたのかというと——そのほうが楽だったから。一人で生きていくより、そんな親でも従っていたほうが自分の人生に責任を持たなくていいって、どこかでずっと思っていたから。

ふっ、と静けさがおとずれ、心臓の音が落ち着いていく。

それから目の縁《ふち》に涙が湧いて、あふれそうになったので慌てて窓の外を見た。

夕陽でオレンジ色に染まった空に、黒い電線の影が何本も重なりあっている。

私はちゃんと、自分が本当に感じていることを、もっと私自身のためにすくい取ってあげないと。

工場の人は私を粗末に扱ったけど、私の親はそれ以上に私をひどく扱った人。

痛い、悲しい、苦しい、そんな感情を表現することを私に許さなかった人。それでも認められたかったし、愛されたかったから、私は親の要求を優先して、自分の本当の気持ちから逃げていたんだ。でもこのままじゃ親と同じように、私自身が小さい子や他人を粗末に扱う人になってしまう。

私はそんなふうになりたくない。

そう思っていたんだよね。

転んだ女の子に駆け寄った母親のような気持ちで、自分の胸に手を当てて、問いかけた。

しばらくぼうっとしていたようだった。

チンチンと鳴って、雷門の鮮やかな赤が窓の向こうを彩り始めたとき、横を見ると、とし子は腕を組んで居眠りしている。

「あれっ、おかみさん。もう着きますよ」

郷子は慌てて声をかけ、そっと肩を叩いた。

あら、と気づいたとし子はまだ眠いのか、不機嫌そうな顔のまま席を立つ。

同じく腰を上げた郷子はリュックの重さを忘れていたから、立ち上がったはずみに都電がゆれて、よろけながらも車外に出た。

夕陽はだいぶ低い位置にある。

けれども雷門や浅草寺の参道の人だかりはすさまじい。時代遅れの街からは客足が遠のき始めている、とはいえ、観音さまの御利益《ごりやく》にあやかりたい人はまだ多いようだ。

「寝ちゃったわね」

とし子はバッグを持っていないほうの手を腰に当てて背をそらす。

なんだか照れくさかった郷子は、さっと夕陽の中に手を浸した。

「陽を浴びると元気になるって、お客さんが教えてくれました。浅草寺の煙みたいなものでしょうか」

「そうなの？　目も覚めるかしら」

顔を上げ、シャワーを浴びるような仕草をしたとし子は「それにしても」と言ってかごバッグを抱え直す。

「さっき輸入食品店のご主人も言ってたけど、今は経済が発展してるときだから、若い人は引く手あまたなのよ。そもそも働く場所を選ぶ権利だってあなたにはあるの」

「私にですか？」

初めて聞いたという感じで郷子は目を見張った。

「でもアパートつきで働けるところなんて、ありますか」

「探せばある。選ばなかったら、住み込みの仕事なんていくらでもあるわよ。うちで働いた経験だって使えるじゃない。あなたがうちを辞めたいと言っても、いきなりアパートを追い出すなんて私はしない。前の、悪徳工場といっしょにしてもらったら困るんだけど」

話を打ち切るように歩き出したとし子は、雑踏をすり抜けていく。

郷子は店の近くまで来たとき「おかみさん」と声をかけた。

「これ、ありがとうございました」

マフラーを差し出すと、とし子はすっかり忘れていたというような気配で受け取り、

「このあと、お昼休憩を取りなさいね」

と言い残して裏口から中へ入って行く。

その顔は、すでに高野バーのにこりともしないおかみに戻っているようだった。


「キョーちゃん、こっちだよ、こっち」

厨房から廊下に顔を出した料理長が郷子を手招きしていた。

「キョーちゃんなんて恥ずかしいから、やめてください」

後ろで手を組んでモジモジしながら伝えると、料理長は訝《いぶか》しそうな顔をする。

「ん？　なんだ。急にどうした？」

「少しばかり私も大人になって、羞恥心《しゅうちしん》が芽生えたと言いますか」

「羞恥心？　よくわからんが、とにかく助かったよ。今日は急に配達できないって言われて困ってたんだ。しかも三個も缶詰を持ってくれたんだって？　力持ちだなあ」

「まかせてください」

足を開いた郷子は踏ん張って、肩に米俵《こめだわら》をかつぐポーズを取った。

すると料理長は、ちょっと待ってろという仕草をして、オーブンからビーフシチューを取り出すとお盆に載せて運んできた。

パンとスプーンが添えられたビーフシチューは小さな鉄の器に入っているせいか、グツグツと煮えて、その表面は溶岩のような動きを見せている。

「今から昼飯だろ？　これお駄賃《だちん》」

「えっ、こんなもの……いいんですか」

客に出す商品を食べるのは気がひける。

「数を間違えたのか、今日のまかないがもうないんだよ」

いや、間違えたふりをして食べられてしまっただけかも。

郷子は料理長の向こうにいる、勝の姿に一瞬だけ疑いの目を向ける。

ん？　と後ろを気にする料理長に向かって、いえ、と慌てて首を振った。

「これは鍋《なべ》に残ってた半端な分だから、気にするな。そういえば前に、おこげご飯が好きだって言ってたよな」

「はい、今日持ってきたおにぎりも、おこげ入りです」

「それならご飯のおこげと、ビーフシチューのもとになるドミグラスソースの旨味《うまみ》の一部が同じものだって、知ってるか」

目を見開いて、そのあとパチパチさせた郷子はまた首を振った。

「米の糖とアミノ酸に熱が加わると、こんがり色がついて、独特の香りと旨味が出る。これをメイラード反応と言うんだが、そのおかげでおこげは旨い。他の食物も同じように、たとえば牛肉の表面に焼き色がつけば香りがよくなって、やはり旨味が発生する。ビーフシチューで使うブラウンルーも小麦粉を茶色くなるまで炒《いた》めるのは、糖とアミノ酸に熱を加えて、香りと旨味を発生させるためでもある。要するに全部メイラード反応の恩恵だな」

驚いた郷子はビーフシチューが冷めないうちに、三階の休憩室に上がった。

誰もいないテーブルに座って、いただきますと手を合わせ、まずはアルマイトの弁当箱に二つ並べて詰めてある三角おにぎりを取り出し、かぶりついた。

薪で炊いたご飯は冷えてもしっとりしていて、おこげの部分がこうばしい。

次はつややかな焦げ茶色のシチューにスプーンを投入し、パクリ。

まだ熱い。だがすぐに濃厚な味わいが口中に広がっていく。牛肉はホロホロした繊維を舌に感じるくらいだが、結局とろけるようにやわらかいので、あっという間に飲み込んでしまった。

だから二口目はもう少し注意深く味わってみる。

と、確かに少しこうばしい。こうばしさの奥にはトマトらしき酸味を感じるような。いや酸味に熱が加わって、厚みのある旨味に変わっているような。いやいやそれ以上に、野菜やバターやもろもろの旨味や甘みが複雑に組み合わさり、折り重なっているような。

おにぎりとビーフシチューを交互に食べると、冷たいからの熱い、という温感差がおもしろい。今日はアパートの住人に分けてもらった大根のべったら漬けもあるから、サクサクした甘さが箸休めにピッタリだった。

それにしてもこの複雑なソースはいったい何物なのだろうと探っていたら、

「あーっ、なくなっちゃった!」

空《から》になった器を前にして郷子は悲鳴をあげた。

腹が減っていたので、おやつに残そうと思っていたパンも結局食べてしまった。

そして厨房に器を返しに行って、ごちそうさまでしたと料理長に直接伝えたついでに、たずねてみる。

「今日買いに行ったトマトの缶詰は、ソースに使うと聞いたんですけど、それはさっきの、ドミ、ドミ……」

「ドミグラスソース」

「はい、それのことでしょうか」

「うん、そうだよ」

「そのドミグラスソースは、いつ作るんですか」

「今日の晩。下準備はもう済んでるから、今日が最終仕上げだ」

あの、と郷子は少しためらいながらも言ってみる。

「そのソース作り、今晩見学してもいいですか」

「どうして？」

持っていた鍋を壁に戻してから、料理長が真顔で聞いた。

「さっき食べたビーフシチュー、すごく美味しかったです。だからその秘密を、少しでも勉強したいなって思いまして」

「へえ、熱心だな。別にいいけど」

さらりと料理長が言ったので、料理長の向こうでキャベツを刻んでいた勝がええっ、と突如、包丁を持ったまま非難の声をあげた。そしらぬ顔をしていたくせに、しっかり聞いていたらしい。

「なんでこんな素人に？　料理長、俺もぜひ見学させてください！」

そんなこんなで二人は閉店後、料理長のソース作りの手順を見ることになった。

厨房で郷子と勝が緊張した面持ちで待っていると、現れた料理長は別に厳しい顔を見せるわけでもなく、もったいぶることもなく、ごく自然な振る舞いで両手を使って大鍋を運んできた。それは何日も煮込んだり漉《こ》したりしながら作った牛骨のスープに、手製のブラウンルーを加えた、ドミグラスソースの前段階になるものなのだという。

「これに野菜や肉を入れるときはいったん焼いて、焼きつけたときの鍋底の旨味ごとヘラですくって混ぜてやる。ブラウンルーも、こうばしく香り豊かに仕上げたものを使う。だからこのソースには牛骨や野菜といった素材の旨味、メイラード反応による旨味、あらゆる旨味がぎゅっと詰まっている」

郷子と勝は、熱心にメモを取りながら聞いている。

料理長は次に、紐《ひも》で縛った牛肉のかたまり、ベーコン、野菜、今日購入した缶詰のトマトなどが入ったバットをキッチンテーブルに並べると、「最終仕上げ」の調理を始めた。

巨大な牛肉とベーコンをフライパンで焼く。別の鍋で野菜を炒め、そこへ缶詰のトマト、赤ワインを加えて煮詰める。煮詰めたものにさきほどの焼きつけた牛肉とベーコン、最初に運んで来た大鍋のソースを加えてさらに煮込む。途中、生のトマトも入れる。

「あとはとにかく煮込む。それで最後は縛った肉を引っ張り出せば、ドミグラスソースの完成だ。肉は切って、別の鍋で仕上がったドミグラスソースといっしょに少し煮込んで味を調えれば、ビーフシチューのできあがり」

厨房には果物を煮込んだような、どっしりした甘い香りが漂っている。

はい、と郷子が手を挙げた。

「ビーフシチューとカレー、あとハヤシビーフは何が違うのか教えてください」

「まだ聞くか、こんなすごい技を目にしながら」

隣の勝が郷子の方に首を伸ばして、不機嫌そうに口を挟んできた。

すみません、と郷子は上目遣いで言って返す。

「その小さい頭でもビーフシチューはわかっただろ？　今見て、聞いたもんな」

勝がさらに迫ると、メモ帳を胸に引き寄せた郷子はコクコクと頷いている。

「ドミグラスソースに赤ワインを加えて煮詰めたものを、炒めた具に加えて、ケチャップで味を調えたのがハヤシビーフ。それでカレーは全然違って、別ものなんだよ。玉ねぎをアメ色になるまで炒めて、野菜とかも炒めてな、カレー粉とか焼いた肉、ヨーグルト、もろもろ煮込んでカレーになるの。とにかくカレーには、ドミグラスソースは入ってないんですよ！」

「ふうむ。ハヤシビーフの見た目はカレーに似てますけど、どちらかというとビーフシチューの仲間なんですね」

郷子がメモを取りながらつぶやいた。勝はどうだとばかりの表情を向けてくる。

「おまえはもう二年近く厨房にいるんだから、それくらいでえらそうにするな」

料理長が厳しい声を出した途端、勝は慌てて正面に向き直っていた。

それにしても、と郷子はやはり驚く。

仕上げだけでも手間暇かけた作業の数々である。そもそも最初の牛骨スープだけでも、だいぶ時間をかけているようだった。さまざまな食材料と調味料をバランスよく組み合わせ、素材それぞれの旨味を最大限に引き出すやり方でもって、丁寧に調理する。

途中、料理長は何一つおおざっぱなことはしなかった。その都度料理の出来に注目し、その塩梅《あんばい》を確認するように、じっくり味見に集中していた。

それらの動作は郷子の中で、胸に手を当てていたとし子の姿と重なる。

「もしかして、このドミグラスソースには、お醬油が入っていますか」

ふと思いついて郷子が聞いた。

「よくわかったな、少しだけ」と料理長。

「クリームソースは白く見えますけど、あれにも入ってるんですか」

今度、料理長はうながすように勝を見た。

すると勝は料理長の手前、余計なことは言わずに、ただ頷く。

やっぱりそうだ。お醬油が入っているから、ビーフシチューもクリームコロッケも、ご飯といっしょに食べて違和感がないのだ。

「洋食は、日本風にアレンジした西洋料理だからな」

「じゃあこの街は、本当に洋食と相性がいいんですね」

料理長の言葉を受けて郷子が言った。

浅草は伝統的なものがある一方、外から来たものを柔軟に受け入れて作られた、独特の和洋折衷文化の影響もまた強いと聞いたことがあった。

その後、更衣室で着替えてから郷子はまた厨房に戻った。

勝はもう帰ったらしい。鍋の様子を見ながら、明日の下準備をしている料理長に声をかける。

「あの、おかみさんのことでちょっと、お聞きしたいことがあるんです」

えっ、と料理長は迷惑そうな色を浮かべて身を引いた。

「直接聞いてくれよ」

「料理長のご意見をうかがいたくて」

「個人的なことなんて、俺は何も知らないから」

突き離すように手を振っている様からは、余計なことは絶対に言うまいという意志が伝わってくる。

「あの、そうではなくて。おかみさんはどうして、人は人、自分は自分っていう生きるうえでの軸みたいなものがはっきりしてるのかなって、まるで外国映画に出てくる人みたいだから、不思議に思いまして」

「別に、不思議じゃないだろう」

ほっとしたのか、料理長は急に真面目な顔をする。

「相手は店主だぞ、考えてみろ。店主が風見鶏《かざみどり》みたいに、あっちを見たりこっちを見たりフラフラしているようなやつだったら、そこで働いてる店員が不安になるだろ」

ああ、と郷子は悟るようにつぶやいた。

「はい、そうだと思います」

女性が一般的に求められる優しさとか気遣いとか、三歩下がってなんだとか、誰かに守られることを基準に動いていたら店は崩壊する。店を守るのはとし子自身なのだから。

まあでも、と料理長は腰に手を当てながらもう一方を顎《あご》に添える。

「洋酒を扱っているから、というのもあるかもな。洋酒といってもオリジナルだから、外国ふうのおかみさん流哲学だ」

はい、と言って郷子は顔を上げた。

調理法のことも含め、もったいぶらずに教えてくれる料理長もまた、自己流の哲学を持った人なのだろう。本当は大人と交流する際に、媚びたり、おべっかなんて使う必要はないのだ。

翌日は天気がよかった。おかげで道の雪が溶けて、客足も戻ってきた。

「親不孝娘が今日も頑張っているな」

郷子にまた、茶色の帽子の男が声をかけてきた。

男の前にあるグラスや皿にはやはり、まだ酒もつまみも残っている。

「親の心子知らず、親思う心に勝る親心ってな」

言いながら郷子の顔を嬉《うれ》しそうに見上げてくる。

その一方で、当の郷子は昨日と同じ景色が、まったく違う印象で映っていることに驚いていた。

目の前の六十代の男が、まるで十歳にも満たない子供のように感じられる。

この人、私のことを何も知らないくせに、どうしてわかったような口をきいてくるんだろう。ああ、なるほど。たぶん嫌がっている私の反応が見たいのだろう。

変質者に出くわしたような薄気味悪さを感じたが、郷子はそれを顔に出さず、男の周囲に残っていた食器をぱっぱと片づけながら「鳶《とんび》が鷹《たか》を生む」と言った。

不意打ちをくらった男はきょとんとしている。

「親はなくとも子は育つ、可愛《かわい》い子には旅をさせよ、親ばか子ばか、生みの親より育ての親……というのもありますね」

トレイにめいっぱい食器を重ねた郷子は、男を気にせず洗い場へ向かった。

昨日、銭湯のおばさんから借りた「ことわざ事典」で勉強しておいたのだ。

振り返ると、憮然《ぶぜん》とした表情の男が不満そうに腕を組んでいた。

その後も郷子は、その男をたまに観察してみる。

するとおもしろいことに気がついた。

男は他の配膳係には声をかけようとしない。かけても郷子と違って相手にされないせいか、会話にもならないようだった。

あっ、と郷子はそこで気づいてしまった。

この店は、基本的に誰でも受け入れる。だが最終的に客を選ぶのは店側なのだ。給仕をする者はあくまでも配膳のプロであって、客の、それ以上の要求を満たすためにいるわけではない。とし子や他の店員たちの毅然《きぜん》とした態度がまさにそれを示している。店のルールを逸脱したり、店員や他の客に必要以上にからんだり、酒が入っていようとも、他人への迷惑行為を自制できない者は客ではない。だから来てもらわなくて構わない。そんな人は放っておけば、いずれは姿を消すだろう……。

それはまさに自分にも当てはまることなので、郷子は少し背筋が寒くなった。

そしてその夜。

一昨日《おととい》の晩に酔っ払いの夫を迎えに来た女の姿が、ガラスドアの向こうにあった。入るのをためらっているらしい。客がドアを通るたび、逃げるように避けている。

「何かご用ですか」

ガラスドアを開けて、郷子のほうから声をかけた。

目をそらした女の後ろには、先日と同じ小さな男の子、太の姿がある。

どうやら怪我《けが》をしたのか、太は左手に包帯を巻いていた。

「おかみさん、お呼びしましょうか」

「すみません。お願いします」

女は先日の勢いと違って、ひどくうなだれている。

郷子は二人に、入り口に近い端の席に座るように勧め、そこへとし子を連れてきた。

すると女はすぐさま立ち上がる。

「先日はいろいろご迷惑をおかけしまして、申し訳ありませんでした」

かすれたような声を出し、両手を前で重ねて深く頭を下げていた。

「あれから夫は手がつけられなくなりまして、恥ずかしい話なんですけど、近所の人に手伝ってもらって、今日病院に連れて行きました。これ、先日の未払い分です」

瘦せた手で白い封筒を差し出している。

受け取ったとし子はその場で中身を確認すると、

「今お釣りを用意しますから、ちょっとだけお待ちになって」

と言って郷子に、二人には二階に上がってもらうようにと指示を出してきた。

言われた通り、郷子が二階に二人を連れて上がると「わあっ」と太がはしゃぎだす。

「すごいすごい、キラキラだねえ!」

郷子が示した席に、太は飛びつくように座ろうとした。

だが思い出したのか足を止め、母親の方を気にするように振り返っている。

母親は戸惑っているようだった。

赤い布が張られたクッション性のある椅子、真っ白なテーブルクロス。モダンで渋い印象の一階とは打って変わり、複数の家族連れで占められている二階席は温かく、華やかな雰囲気に満ちている。

結局二人とも着席せず、太はまた母親の後ろに隠れてしまった。

「一階は男の人が多いんです。だからこちらに案内したんだと思いますよ」

郷子が言うと、やっと二人は壁際の席に並んで座ってくれた。

太は隣の家族連れが気になるのか、そちらの方を見つめながら足をブラブラさせている。

そしてしばらくすると怪我をしていない方の手で、テーブルを小さく叩き始めた。

これ、と母親が息子の興奮を抑えると、「あれは何? あれっ」と身を乗り出して、隣のテーブルに遠慮のない目をまた向けている。隣の家族連れが頼んだ料理が気になるようだ。

「あれはビーフシチューって言うのよ。お腹が空いてるの?」

いつの間にか階段を上がってきたとし子が、太に話しかけていた。

すると彼はまた、不安そうに母親の方に顔を向ける。

とし子が太の母親にしっかり視線を合わせてから、

「太くん、お腹が空いてるんじゃない?」

と今度は腰を屈《かが》めて、彼と同じ高さに視線を合わせるようにしながらたずねた。

「負けました、その通り」

どこでおぼえたのか太がおどけて言った。

その返答に、郷子やとし子だけではなく隣の客まで笑って、温かい雰囲気に包まれる。

けれど太の母親だけは少しうつむいて、恥ずかしそうだ。

「前に来たときはわからなかったけど、太くんはなかなかユーモアの才能があるのね」

とし子から言われ、太は嬉しそうにたずねる。

「ユーモアって？」

「おもしろいってこと」

母親が教えると、やはり小さな息子は喜んでいる。そんな彼に母親のほうは意外そうな目を向けていた。

「奥様、せっかくですから何か召し上がっていきませんか」

とし子が勧めた。しかし母親は一昨日の件を気にしているのか、迷っているようだ。

その隣で太は周囲のなごやかさを受けて勇気が出たのか、「あれっ」と隣席のビーフシチューをまた見つめ、指でさしている。そんな息子をなだめながら、仕方がないという感じで母親が顔を上げた。

「じゃあ、この子の分だけ」

とし子は黙って頷くと郷子に耳打ちした。

郷子は聞いたままの内容を一階の厨房に伝えた。そして注文を取った者がその客に運ぶのが決まりなので、配膳用エレベータで上がって来た料理は郷子が並べていく。

ビーフシチューとパンにサラダ、それぞれ二人分。

「えっ、これ、あの……」

「せっかくですから召し上がっていって」

戸惑っている様子の母親に、とし子が静かに伝えていた。

マグマのごとくふつふつと煮えているビーフシチューを前に、いただきますっ、と太が手を合わせた。母親はいかにも熱そうなビーフシチューを別の皿に取り分けてやっている。

太は母親が分けてくれたそれを、小さなスプーンですくって口に入れ、いったん大きく目を見開いて静止したあと、おふっ、おうっ、と妙な声をあげている。

「美味しい! おばちゃんちのこれ、ご馳走《ちそう》だね」

「そう、よかった」

太の頰を指で軽く押しながらとし子が笑いかけると、太は嬉しそうにデレデレしている。

そんな息子の隣で、母親はスプーンを持ったまま沈んだように黙り込んでいた。

その様子に気づいた太は持っていたスプーンを置いて、食べるのをやめる。

「ウソ、本当に美味しいのは、お母さんのご飯」

また母親に気を遣っている。

郷子は胸が痛くなった。太の母親と、姿を見せなくなった父親の二人を壁に並べて立たせ、説教したい気持ちに襲われる。

だがじりじりしながらも、とし子を見ると、やはり何も言わずに、母親の言葉を静かに待っているようだった。

あの、と母親がやっと口を開く。

「夫が入院した病院のお医者に言われたんです。本当は亭主が酒浸りでいてくれたほうがいいって、あなたはどこかで思ってないかって。そのせいで本当にやるべきことから逃げていないかって。そんなときに、この子が怪我をして帰って来たんです。同級生の子からいじめられたみたいで、私が気づかなかったから……」

息子の方を向いた母親は太の背に手を添え、ごめんねと言って、申し訳ないという感じの視線を注いでいる。

太はそれを意外そうな表情で受け止めていた。

「これから大変でしょうけど、さ、温かいうちに召し上がって。お母さんが楽しそうにしているのが、太くんにはいちばん」

とし子の言葉を聞いて、母親は黙ったまま何度か噛みしめるように頷いていた。それから気を取り直したように、

「じゃ、太ちゃん、いただきましょうか」

と元気な声を出し、微笑《ほほえ》みながら太を見ると、安心したのか太は自分からスプーンを取

ってパクパク食べ始めた。母親もまたビーフシチューを口にする。

「美味しい」

驚いたようにつぶやいた彼女は、何か忘れていた感覚を取り戻すように、ゆっくりと味わっているようだった。

「お釣り、まだ渡していませんでしたね」

最後に支払いをしようとした母親にとし子はそう言って、結局二人分の料金は受け取らず、最初に受け取った封筒のお釣りの分をもらっておくからと伝えていた。

一階に降りた太はもう母親の顔色を気にしていない。

「美味しかったよ」

とし子に言って、頭を撫でられるとその膝に抱きついた。

「カレーとかハヤシビーフとか、ビーフシチュー以外の料理もね、ここは美味しいんだよ」

大人が相手であるのと同じように郷子が具体的に伝えると、意味がわかったのかは不明だが、うんうんと太は大事な秘密を共有するように頷いて、最後は手を振ってくれた。

店の外ではまた、雪が降り始めていた。

ガラスドアの向こうに出た母親は自分のマフラーを外し、太の顔周りに巻いてやっている。

美味しかったね、でも本当はお母さんのご飯のほうがずっと美味しいんだよ。
二人の姿が見えなくなるとき、そんな声が聞こえてきた。

2
有漏のみつ豆

お酒自体は悪いものではない。

しかし飲む量を自ら調整できないような状態になるのは病気。

とし子が言っていたのはたぶん、そういうことだろう。

十七歳の郷子は酒を飲んだことがない。だが文化ブランや他の酒について客から質問されたときのためにも、こっそり飲んで、実際の味や香りを確かめておいたほうがいいのかもしれないと考えていた。

でもまだ早い気もする、それに何かが引っかかる。

首をひねった郷子はワンピースの上に着たカーディガンのポケットに片手を入れて温めながら、もう片方の手にはバッグを提げて、台東区《たいとう》三筋町《みすじまち》から田原町《たわらまち》方面に向かって歩いていた。

浅草寺から少し離れた場所には、観光とは関係ない街並みが広がっている。

よく見るのは問屋である。小さなビルや家屋を覗《のぞ》くと陶器がたくさん並んでいたり、動物の皮が何枚も重ねてあったり。他《ほか》にも紙くずや炭、下駄の材料、酒、小間物といったさまざまな問屋があって、菓子や玩具《おもちゃ》の工場もたまに見かけ、それらはどれも決して規模は大きくない。つまり庶民の生活に密着したものを扱う小さな会社が多いのだろう。

それに対し、観音さまの参拝でにぎわっている高野バーの周辺は飲食店が多い。

そして高野バーからさほど離れていない場所にある浅草六区《あさくさろっく》は、映画館や劇場がひしめく昔ながらの興行街。だがその六区は今年に入ってから、テレビの普及の影響をまともにくらい、集客がぐっと落ちているのだという。

ちなみに郷子が生まれた小さな町は山のふもとにあった。

蒸し暑く、冬は冷たく乾いた風が山から吹き下ろしているような土地だった。

山間《やまあい》には川が流れ、温泉も湧《わ》いていたから観光業に従事する人もいたようだ。が、ほとんどの家は農業をやっている印象があって、郷子の生家の周りには山と畑しかなかった。電車はもちろん、高野バーのような飲食店なんて一軒もない。だから夜になるとあたりは真っ暗、すると家族と過ごす時間は長くなり、冬になって雪が厚く積もれば、ますます家族は外部と遮断されることで密室化が進み、それに伴って身内の上下関係は濃密になり、家族内の強者が作り出す「わけのわからないルール」もよりいっそう横行し強化されていくという不健全極まりない状態だった。

それに比べれば浅草は店も娯楽も多い。いくらでも自分を逃がしてやれそうな場がある。

ちょっと時代に乗り遅れたからって、いったい何が不満なんだろう、とさえ郷子は思っているところがあった。

夕方の五時を過ぎると、小さなビルからスーツにコートを着た男性や、ギャザースカートを穿《は》いた女性たちが出てきた。そして郷子の前に二人並んだのは彼女と同じ年格好の女の子で、二人は手編みのマフラーを互いに見せ合い、楽しそうに話しているのは昨年の末に創刊された『週刊少女フレンド』の内容のようだった。

大通りに差し掛かると、新型の自家用車が何台も黒い煙を吐き出しながら横切っていく。うまく煙を避《よ》けられなかった郷子は近くにいた老人たちといっしょに咳《せ》き込んでしまった。

それにしても東京は人が多い。

どこに行っても砂糖に群がる蟻《あり》のごとく、うじゃうじゃしている。

終戦直後のベビーブームの影響か、もしくは郷子のような地方出身者が集中しているせいだろうか。あらゆる場所で人の渦がいくつも発生しているような状態だ。

以前自分を追いかけてきた工場長にまた会わないかと、郷子は今でもどこか警戒しているところがある。だがこうして落ち着いて周囲を見られるようになって思うのは、この人混みに紛れ込んでしまえば、たぶんどんな輩《やから》から逃げ切るのも難しいことではないだろうということだった。

たとえば銀行強盗なんてどうだろう?

東京は田舎と違って、誰《だれ》がどこに住んでいるのかわからない。しかも大部分の人たちは郷子からすると「経済経済」と上ばかり見て、つま先立ちしている感じがする。

人が多い、しかも顎《あご》を突き上げるように上を見ている人ばかり。

ならば身の丈に合った注意を払う人は少ないということになるから、足もとは不安定。その不安定なところをうまく狙《ねら》えば一千万、いや一億とか二億の大金を奪い去って、あとはこの人混みにうまく紛れてしまえば逃げ切るのだって可能では？

もちろんそんなこと私はしないけど。

郷子は歩きながら、ワンピースの右のポケットに入れていたバールを左側に移した。重いバールを携帯し、たまに重心を変える。そうやって自分なりに身体《からだ》を鍛えているつもりだった。

平日の今日は、週一回の休日。

高校に行っていないのだから、休日くらいはせめて図書館で勉強しようと思っていた。

さっきまでいたのは昨年できたばかりの図書館で、辞書を片手に雑誌や本を読んで過ごし、気温の下がる夕暮れ前に出てきたのだ。

それにしても先日の、酒を飲み過ぎて病院に入院するはめになった男について気になったせいか、今日は酒に関することばかり調べてしまった。

しかし病気になるほど酒を飲み過ぎてしまうのはなぜだろうか。

結局、その理由について書かれている本は見つからなかった。

先日の男は妻がいてかわいい子供だっているのに、ツケを払えないほどの状態になっていた。するとニ十歳を過ぎても、酒は安心安全な飲み物ではないとも言える。

郷子が個人的に好意を寄せている植木屋の孫六さんと、占い師の金剛さんは、店で酒を飲んでもあまり変化がない。せいぜい来たときより少し陽気になるくらいだろうか。体質も関係しているのかもしれないがそれ以上に、あの二人は酒に飲まれない。自分に合った分量を把握し、その中で楽しんでいる感じがする。

そんなことを考えながら郷子は田原町に入った。

途中、買いものかごを下げた割烹着《かっぽうぎ》姿の女性とすれ違う。学校帰りの子供たちも多い。

このあたりは寺が散在し仏壇屋や神具店も多いせいか、いつも線香や菊の香りがほんのりと漂っている。今日はそこに夕飯の準備の匂《にお》いも混じっていた。

そうしていきつけの駄菓子屋に入った郷子は、子供たちが群がっている駄菓子のケースの前をすり抜けて、壁際の棚に向かった。

右の棚には子供向け、左の棚には大人向けの漫画本《まんがぼん》が並んでいる。

もともとこの駄菓子屋は貸本《かしほん》専門の店だったらしい。が、四、五年前から新刊雑誌や図書館が増えた影響で、貸本漫画を利用する子供が激減してしまったのだという。

といっても、そんな変化も田舎出の郷子にとっては僥倖《ぎょうこう》でしかない。

じっくり選んだ漫画本を三冊カウンターに差し出すと、

「いつもありがとね」

と言って、店のおばあさんは飴《あめ》の入った容器を勧めてくれた。

ありがたく砂糖をまぶした宝石キャンディをつまんで口に入れると、黙ったままおばあさんが下くちびるを突き出してきたので、郷子は続けて二個目も口に放《ほう》り込んだ。

店を出ると口の中のざらざらした感触が消え、いちごとメロンの味が混じっていく。

貸本代は一冊五円から十円。だが貸本自体が下火になっている今、常連の郷子は全部五円でいいとおばあさんからこっそり言われていた。

楽しみにしていた漫画の続きが、やっと読める。

ほくほくしながら歩いていると、「おまえっ」とどこからか鋭い声が聞こえた。

反射的に引き返した郷子は一本の路地裏に目を向けた。

その左右中央に、こちらに背を向けて、小学校高学年くらいの男子が三人立っている。

中央の坊ちゃん刈りは右手に長い枝をつかんで、前方の誰かを威嚇するように仁王立ちしていた。左右の男子は腕を組んで電柱や壁にもたれかかり、余裕のポーズである。道の脇《わき》には祠《ほこら》があって、子供たちの足もとには蠟石《ろうせき》で描《か》かれた絵が残っていた。

「ここは俺《おれ》たちの場所だ。おまえ、最近朝からいるよな。最初は許してやったけどもうダメだ、二度と来るな」

坊ちゃん刈りの言葉に、そうだそうだと左右の男子が同調する。

三人の先にいるのは制服を着た女の子のようだった。

夕陽《ゆうひ》の残りが逆光になっているから、郷子には彼女の顔も身体もよく見えない。

ただ、その子は男子たちより少し背が高いようだ。

何も言わない相手にしびれを切らしたらしい。「おい、聞いてるのかっ」と坊ちゃん刈りが感情的な声をあげ、握っていた枝を高く振り上げた。すると女の子は反射的に腰を屈《かが》め、両腕で頭や顔をかばうような仕草をする。

それを目にして郷子もまた、反射的にカチンときてしまった。

田舎の父親は郷子を脅しつけるとき、手を振り上げて殴りつける直前のような仕草をして見せることがよくあった。そのとき郷子もまた、前方の子と同じように頭や顔をかばうような仕草をするしかなかったのだが、そんな当時の自分を思い出したせいだろうか。考えるより先に身体が動いていた。

「おいっ」

今度響き渡った鋭い声は郷子のものだった。

動きを止めた男子たちが振り返る。

地面に向かって鞄《かばん》を投げ捨てた郷子はポケットからバールを取り出すと、

「さっきから何をやっているんだ」

と低い声を出しながら、身体を少し斜めにしてじりじりと前に進んでいく。

やめなさいとか、いい加減にしなさいといった取り繕うようなしかり方とは違う、むき出しの歎めいた気迫に恐れをなしたのか、男子全員が怯《おび》えるように足を引いた。

だがなんとか踏みとどまったのが坊ちゃん刈りである。

「な、なんだ、見ない顔だな。おまえは誰だ！」

「それはこっちの台詞《せりふ》だ、おまえのほうこそ何やってんだ！」

郷子はバールの先端を坊ちゃん刈りの鼻先に向けて、まっすぐ突きつけた。

「お、俺はおまえじゃねぇぞ！　おまえこそ女のくせにおまえとはなんだっ」

「おまえのほうがなんだ。男のくせになんだって言ったらなんだ！　私だっておまえなんて名前じゃないっ」

郷子の勢いに「ええ」とつぶやいて、男子たちは明らかに困惑を浮かべている。

しかし当の郷子がまったく引く様子を見せないので三人は顔を見合わせ、「あの女は頭がおかしい」と怖がるように囁《ささや》いて、結局、前方に立っている女の子の横をすり抜けて逃げていってしまった。

そこではっと我に返った郷子は顔を伏せると、ポケットにバールをしまった。

鞄を拾って、布地についた泥を払っているうちに、どんどん冷静になってくる。

頭が真っ白になって、正体不明の怒りにとらわれてしまった。それに子供たちの関係性もわきまえず、自分は余計なことをしてしまったのかもしれない……。

おずおずと顔を上げると、目前の女の子は逃げるように後ろ足を引いている。

それから郷子に向かって小さく頭を下げ、踵《きびす》を返し、男子が逃げたのとは逆方向へ走っていく。顔の角度が変わったとき、光って見えたのはめがねだろうか。

思わず彼女を追って路地の先に走り出た郷子は、女の子の後ろ姿を目で追った。

と、大通りの方へ入っていく。確かあの先は……。

確認する目的で行ってみると、やはりそこは仏壇《ぶつだん》通りだった。上野から浅草方面に向かって仏壇屋と神具店ばかりがずらりと並んで建っている。ここは郷子が初めて浅草を訪れたとき、少し気味が悪いと思いながら通った道でもあった。

そして例の女の子は一軒の店に、とぼとぼ歩いて入って行く。

郷子は女の子の姿が見えなくなってからその店の前に行ってみた。

立派な仏壇屋だった。金箔《きんぱく》を使った黒塗りの仏壇がまるで仁王像のごとく、店の左右のガラスケースに一台ずつ飾ってあり、ガラス製の引き戸の向こう側には複数の仏壇が並んでいる。

それからふと顔を上げて、ぎょっとする。

屋根に掲げた巨大な看板には黒々とした筆文字で「骸骨堂《がいこつどう》」と大きく書かれていた。

土曜日の午後四時、高野バーが比較的空《す》いている時間、

「キョーちゃぁん」

と、鈴を振るような声で呼びながらウェイターの腕に手をかけてやって来たのは、十六歳の橋本《はしもと》小巻《こまき》だった。

今日も六角形の色つきめがねに洒落《しゃれ》た服を着ている。コートを脱ぐとその下には大きなボタンがついたオレンジ色のワンピース、足もとは黒いブーツ、そして手には杖《つえ》。

若いウェイターは緊張しているのか不安そうな面持ちながらも、目の不自由な小巻の手をテーブルと椅子《いす》に導くと、彼女が座るまで椅子の背を押さえていた。

「ありがとう」

わずかに顔を上げて小巻が言うと、いえ、とはにかんでいる。

郷子には無愛想なウェイターだが、小巻には丁寧だ。彼女は客だから当然の態度ともいえるのだけれど、それ以上に、小巻の醸し出す「良家の令嬢」といった雰囲気が大きく影響しているような気がしてならない。

「いらっしゃい」

郷子が小巻の肩にそっと手を置くと、「うふふ、一週間ぶりね」とおかっぱ頭をゆらして嬉《うれ》しそうだ。

小巻はいつものナポリタンに、今日はクリームソーダも注文した。

料理と飲み物がやってくると、ナポリタンの赤、クリームソーダの緑、そこへ今着ている服の鮮やかなオレンジ色が加わって、たちまちテーブルが華やいだ。

「料理のお皿はここ、フォークとスプーンはこっち」

小巻の手を取って郷子がその位置を説明したあとで、小巻はゆっくりナポリタンを食べ始めた。

一階は四人から八人が座れる大きめのテーブルがずらっと並んでいる。そしてそれが相席も入れて満員になれば、二百人以上は入れるわけだから、とにかくにぎやかである。だから郷子と話すのを目的に通っている小巻は、こうしてあえて空いた時間を狙ってやって来るのだった。

おやつ代わりのナポリタンをぺろりとたいらげた小巻は次に、別の皿に取り分けてあったクリームソーダのアイスだけを先に食べてしまった。

「ふう、お腹《なか》いっぱい」

そう言いながらも、すらりとした体型の小巻のお腹は少しぽこんとしている程度である。

そしてグラスに残ったアイス抜きのソーダをストローで飲みながら、

「ねえ、キョーちゃん」

と、当たり前のような調子で手を挙げて呼びつけた。

周辺の食器を引いていた郷子は、「小巻ちゃん、ちょっと待ってて」と伝えてから洗い場に使用済の食器をどんどん渡し、そのついでに厨房《ちゅうぼう》から渡された料理を客のもとに運んで、それから小巻のところへ向かった。

「もしかして忙しいの？」

「ううん、今はそうでもない。だけど厨房を行ったり来たりするときは、とにかく手ブラにならないように、何か仕事がないかなって探してから動く癖がついたから」

あら、と小巻はくちびるの下に指を添える。

「効率的に動く意識をしているってことね。キョーちゃんもだいぶ仕事に磨きがかかってきたわね」

ありがとうございます、と郷子はつい頭を下げそうになった。

小巻は若いのに堂々としていて、女王然としたところがある。独特の不思議な強い膜を持っていて、それにいつも彼女自身が守られているという感じというのだろうか。

「おっ、めくらの姉ちゃん」

通りすがりの男が小巻の肩に軽く叩《たた》くように手を置いた。

あっ、と郷子が思う間もなく、小巻はその手をパンと払いのける。

「いきなり無礼な人ね、謝りなさい」

ぴしゃりと言った。

その声は大きすぎず小さすぎず、ちょうどいい鋭さと気高さを含んでいた。

小巻の背後に慌てて回った郷子が「そうですよ、謝ってください」とうながすと、男は納得がいかないのか、親しみを込めて言っただけだとか、決まり悪そうに顔を赤らめて言い訳しながら立ち尽くしていたが、「すっ、すまん」と急に頭を下げ、何か文句を言いながら逃げるように去っていった。

「邪魔が入ったわね」

余裕の表情でソーダを飲んでいる。

郷子はじわっと胸が震えた。この堂々とした振る舞いに漂うものはなんだろう。小巻の傍らに立つと、そっと顔を寄せる。

「小巻ちゃんすごい。うまく言えないけど、感動しちゃった」

「そう？　キョーちゃんも失礼だと思ったら、これくらい言ってやったらいいのよ」

うーんと郷子は少し考える。

自分はなかなかそれができない。急に失礼なことを言われても、いろいろ頭を巡らせ、自分ががまんすればいいかと考えてしまうことも多い。

それはこの店の従業員だというのもあるけれど、「女は」とか「子供は」といった世間や親から求められてきた「わけのわからないルール」をいまだ気にして、それらに縛られているからかもしれない。

だが先日は、見知らぬ小学生の男子に「おまえ」なんて勢いで言ってしまった。

それはいじめられていた女の子を助けるためだったと言ってしまえば体《てい》がいい。

だが、何か違うものを郷子は感じていた。

あんな激情に駆られたやり方は、やはりよくない。なんだか自分の中には、つっかえるような変な部分があるようだ。

「でも、私だっていつでも言えるわけじゃないのよ」

小巻は両手の指を組み合わせて、その上に軽く顎を載せる。

郷子は、一人で街を歩いていた小巻の姿を思い出す。

杖を使って知らない場所を歩いているときは「疲れる」と小巻は前に言っていた。見えない部分を補うために、ひたすら周囲の音や気配に注意を払う必要があるからだろう。確かにそんな状態で、不審人物に遭遇したとすれば、本人はひどく神経をすり減らすに違いない。

「だけどここは小さい頃《ころ》から通っている私の好きなお店だから。おかみさんにキョーちゃんもいるからきっと大丈夫って、安心してるから言い返せるのもあると思う。それに私みたいな子は、自分はこれでいい、今のままでいいんだって、心の底から自分を認めることが何より大事なんだって前に教わったから」

えっ、と郷子は身を乗り出す。

「誰から？　お母さん？」

小巻の母親はどちらかというと、世間体を気にするタイプの人に感じられるが。

まさか、と言って小巻は大げさに手を振った。

「中学校のときの先生よ。もちろん私みたいな障害のある子ばっかり教えているような先生。障害があると、見下してくる人って必ずいる。でも本人にはどうやったって変えられないような部分を攻撃するのって、本当に簡単なことよね。だからそんな人の言葉や態度は真《ま》に受けちゃいけない、できることならその相手にそのまま返してやったほうがあなたたちの未来のためにはいいかもしれないって、その先生は言ってたの。なかなか一筋縄ではいかない先生よね」

そのまま返してやったほうがいい。

自分の中で常識と思い込んでいるものがきれいに裏返っていくようで、郷子はゾクゾクした。しかしまだよくわからない。トレイを脇に抱えながら、うーんと頭をひねる。

「でも、そのまま返すっていうのはどういうこと？」

「おとなしい障害者のいい子ちゃんでいたら、バカな相手がつけ上がるから、いつまでも相手の期待に応《こた》えていちゃダメってこと。自分の頭で考えられない人ほど障害者はいじめていいって、安易に思い込んでるじゃない？　そう、自分とは無関係だって、思い込んでるだけなのよね。だからそういう人には『私は七歳のときに病気で目が見えなくなったんですけど、私、あなたに何かしたかしら』って、向こうが投げて来たボールをそのまま返してやるのよ。そうしないと向こうは永遠に気づかないし、何度でも相手を換えて繰り返すから」

うーんと口を結んだ郷子はまた唸《うな》った。

さっきの男なら「どうやったって変えられない部分」は背が低いとか禿《は》げているとか、そのあたりだろうか。しかし小巻は目が見えないせいもあるが、背が低い人とは指摘せず「無礼な人」とだけ返していた。そのへんの匙《さじ》加減というか、そのままと言いながらもボールに磨きをかけるようなやり方に高度な技を見たような気もする。

でも、やはり郷子は心配になってくる。

「そんなこと言って、もし何かあったらって怖くないの?」

「怖いわよ、もちろん。もし相手に殴られても、私はその場でやり返せないから」

小巻は郷子の方を少し見上げて微笑を浮かべた。

「でもこれは私なりの啓蒙《けいもう》活動なの。さっきも言ったように、今は私が守られているこのお店の中でしかできないけど」

聞き慣れない言葉に、おおっ、と郷子は両手を組んで感激する。

なんだかかっこいい響きである。だが知ったかぶりもできないので、真顔に戻って聞き直す。

「ところでケイモウって何?」

「言っておくけど、お芋のことじゃないわよ」

「それくらい私だってわかってるってばー」

郷子がふざけて小巻の手を指でつつくと、小巻はウフフと笑いながら郷子のあばらの隙《すき》間《ま》を指で突き刺してきたので、郷子はグホッと息を吐いた。

「気になるなら辞書で調べてみて」

「うん」

頬《ほお》を染めて頷《うなず》いた郷子はお返しに群馬の名物「鶏《とり》めし弁当」について教えてあげた。

甘辛く煮た鶏肉と、鶏そぼろが載ったご飯が入っている、とにかく茶色い弁当なのだと伝えると、小巻は関心を寄せ、いつかキョーちゃんと茶色いお弁当を食べに行きたいと身をゆらし、はしゃいでいる。

だが客が増えてきたようだった。

郷子はあたりを見回しながら、すばやく店員と客の数のバランスを計算する。小巻が来店したときは特別に、彼女のそばにいてやってくれとおかみのとし子から言われている。

しかし混んでくれば話は別だ。

「いいのよ、キョーちゃん、他のお客さんのところにも行ってあげて」

郷子の変化を察したらしい小巻はそう言いながらも、少し寂しそうだ。

うんと遠慮がちに伝えてから、郷子は大事なことを思い出す。

「あっ、そうだ。今日は小巻ちゃんに教えてほしいことがあったんだよね」

「まだ大丈夫なの？　私でよかったらなんでも聞いて」

背筋を伸ばし、姿勢を正した小巻は胸を張る。

小さい頃からこの街に通っている小巻は、郷子にとって生き字引のような存在でもある。

「ここから上野駅の方へ歩いて行く途中に、仏壇通りってあるでしょ。どうしてあのあたりにはお仏壇屋さんが集中してるの？」

ああ、と洩《も》らした小巻は仏壇にあまり興味がないのか、椅子の背にもたれかかった。

「上野の寛永寺《かんえいじ》と浅草寺。仏壇通りはこの二つのお寺を結んでいる門前町でもあるわけだから、結果的に多くなったって聞いたような気がする。確かお仏壇屋さんが増え出したのは大正時代から。でも戦争であのあたりも、浅草と同じように全部焼き払われて、いったん何もなくなったの。それで戦後になって、少しずつお店が戻ってきたみたい」

小巻はそこでいったん言葉を止めると、眉《まゆ》を寄せる。

「そういえば……前にここでお仏壇屋さんの人に会ったような気がする。たぶん今もご常連なんじゃないかしら」

「店の人とここで話したことがあるの？」

いいえ、と小巻はなんでもないことのように返す。

「話してなんかいない。でも、お線香の香りがしたから」

それなら、寺院関係者や葬式帰りの人も当てはまるのではないだろうか。

そんな郷子の疑問を先読みしたのか小巻は思い出すように、めがねの奥の瞳《ひとみ》を細める。

「いかにもお商売をしているって感じの、にぎやかな男の人たちだったと思うわ」

小巻の指摘を受け、調べてみると、確かに仏壇屋の旦那《だんな》衆はこの店の常連のようだった。他の店員に聞いたところ、実際、月に二度ほど予約を入れて来ているらしい。

四カ月も働いていたのに、まったく気づかなかった。

自分の観察力の甘さに郷子は少し情けなくなってしまった。

だがそのおかげで翌週、店を訪れた人たちを見て、すぐにピンときた。

比較的「若手」と言われる三十代から四十代くらいの、和服姿の男性客が六人。

全員せかせかした感じはなく、どこか仕草にゆったりとした品がある。この街に比較的大きな店を構え、高級な品を扱っている者特有の矜持《きょうじ》や余裕の表れだろうか。

「ちょっと、店員さん」

一人がひらりと優雅に手を挙げた。

そちらに意識を配っていた郷子は真っ先に向かって注文を聞く。

まずビール。その後は気に入りの品が全員決まっているようで、チーズのサラダ、煮込み、焼き鳥、ジャーマンポテト、メンチカツ、とメニューを見ないで次々料理の名を挙げていくから、やはり常連かもしれない。

注文を受けながら、小巻の気分になり切った郷子が耳にしたのはかすかな衣擦《きぬず》れの音。テーブルにまだ料理が並んでいなかったせいか、お香のような匂いも、確かにした。

「またメンチ、シンちゃんはいっつもそれだ」

「好きだよねぇ、ほんとに」

シンちゃんと呼ばれた四十前くらいの、丸めがねをかけた男性客が、

「その通り。僕は煩悩《ぼんのう》まみれな人間ですから」

と言うと、あっ言っちゃったよ、ちょっとそれはまずいんじゃないの、と周りが囃《はや》し立てている。

めがねの男は冗談ではなく、確かにメンチカツが好物らしい。

仲間たちと乾杯してもビールは口を湿らす程度、ジョッキを置くやいなや、ナイフとフォークを手に取って、運ばれてきたばかりのメンチカツをざくざくと真っ二つに切り始めた。

フォークでもって中を開くと、きつね色に揚がった衣の内側からほっこりと湯気が立ち、玉ねぎがキラキラしているミンチからは透明な肉汁があふれ出している。そして一口大に切ったメンチカツを口に入れると、熱を逃がすように白い蒸気を吐きながら、丁寧に咀嚼《そしゃく》していた。

「これこれ、僕はこの店ではこれがいちばん旨《うま》いと思うな」

その言葉に、同席の男たちより郷子のほうが先に反応し、「ありがとうございます！」と大きな声を出してしまった。好きだという彼の気持ちがまっすぐ伝わってきたからだ。めがねのシンちゃんは少し驚いた様子を見せながらも、

「いつも美味《おい》しいです」

と郷子に返して笑っている。それは穏やかな人柄を感じさせるものだった。相手がたとえ年少の、新人店員であっても態度を変えない。そんな人なのだろうか。

「なんだ、こっちまで食いたくなってきた」

「ビールとメンチカツ。よく考えりゃ、最高の組み合わせだね」

シンちゃんのおかげで同じテーブルから次々とメンチカツの追加注文が入った。けれど当のシンちゃんは集中しているのか、もう仲間たちに反応しない。彼はテーブルに置いてあったソースを取ると、今度はメンチカツの、ドミグラスソースがかかっていない部分にかけている。このタイミングで味を変える。そんな自分なりのこだわりもあるようだ。

あとで郷子が予約表を確認すると「浅草有漏《うろ》の会」と書いてあった。有漏は無漏《むろ》の反対で、煩悩にまみれた人の世を指す言葉らしい。

その週の休日、郷子は田原町に出向くと、また貸本漫画を借りた。

最近のお気に入りは楳図《うめず》かずおの恐怖漫画だった。

郷子は勝手に「楳図先生」と呼んで作者を慕っているのだが、その楳図かずおが描く物語には必ず睫毛《まつげ》の長いかわいらしい女の子が出てくる。そしてその子が奇妙な化けものに出くわし、さらに奇妙で理不尽な出来事に巻き込まれていくというのが大筋なのだが、楳図の描く女の子はたまに「きゃーっ」と悲鳴をあげている顔が、化けもの以上に恐ろしく描かれているときがあって、実に味わい深くておもしろいのだった。

かわいらしい女の子だからこその落差があって、恐怖がある。それに最近、楳図かずおの描いた美少女が、お洒落なところも含め、見れば見るほど小巻に似ているような気がするのだ……。

小巻ちゃんに教えてあげようかな。

それで「きゃーっ」ていう顔を頼んだら、やってくれるかな?

そんなたくらみを考えながら郷子は足を止めた。

見上げた看板は「骸骨堂」。貸本屋に近いので、ついまた足を向けてしまった。

見渡す限り、どの仏壇屋もひと気がなく、店員が呼び込みなどもしていない。

郷子の背後の道には路面電車や車が走り、人もそれなりに歩いている。だが仏壇屋の並びの方に踏み込むと、ある一線から先は異空間に入り込んだような森閑さに包まれる。下を見ると、足もとの石畳はなんだか墓石を思い出させるような。

急に底冷えがして、ぶるりと身を震わせた。

それにしても「骸骨堂」の看板の字がおどろおどろしい。それに今日のそれは楳図かずおの漫画のタイトルのようにも感じられる。すると看板の横に「きゃーっ」と叫んでいる小巻の顔が浮かんできて、ぷっ、と笑ってしまった。恐怖と笑いは紙一重、急に反転したらしい。

「あれっ」

郷子は目をこらした。

店頭に並んだ仏壇の陰に、何か緑色のものが光っている。

じっと見ていると、暗い場所からぬらりと姿を現したのは一匹の猫だった。

まだ身体が小さいから成猫ではないようだ。けれど目の鋭さは大人のそれと変わらない。黒い毛と赤い毛がなんの規則性もなくごちゃごちゃと混じっていて、顔の中心だけがやたら黒い。髭《ひげ》のようにも見えるし、墨汁をぶちまけられたような感じでもある。

郷子が近づいて、「おいで」と手を伸ばすと、猫はすばやいパンチを当てた。

手を引っ込めると同時に「痛っ」と声が出る。目前の猫は目をつり上げて蛇のように牙《きば》をむき、「シャーッ」と鋭い威嚇音を発しながら身体を膨らませていた。

触るなと攻撃されたのだろう。でもいきなりひどいじゃないかという気持ちにもなってくる。だが小さな猫からしたら、自分の身を守るためにやっただけだろう。猫は仏壇の陰にまた身を潜《ひそ》めてしまった。

「あの、大丈夫ですか」

いつの間にか隣にセーラー服姿の女の子が立っていた。

丸い大きなレンズのめがねをかけて、髪を後ろで二つに分けて結んでいる。

「あっ、うん、なんとか」

郷子は大丈夫だと示す意味で女の子に手を見せた。

「でも赤くなってますよ。あっ、こっちも、血が出てる」

動揺を見せる女の子に「これはただのあかぎれ」と郷子は訂正を入れた。炊事の準備や仕事のときに出来たものだ。顔をしかめた女の子は、でも痛そうとつぶやいてから、

「今からあの猫にご飯をやるんです。下がってもらっていいですか」

郷子が言われた通りにすると、少女は鰹節《かつおぶし》と煮干しが載ったご飯が入った器を、仏壇の奥の方に置いた。

匂いに誘われたらしい。猫はにゅっとこちらに顔を見せ、すぐさま器に飛びつくと、ウニャウニャとダミ声をあげながらすさまじい勢いでご飯を食べ始めた。だが警戒しているのだろう。器に完全に顔を伏せることはなく、こちらに向かって目だけは光らせている。

「あの猫、ずっとあんな感じで、かわいらしさが全然ないんです」

確かに猫は餓鬼《がき》のごとく貪《むさぼ》っている。

さらに観察していると、髭にご飯粒をくっつけたままの猫は、必死に丸い手で空《くう》をかき始めた。長いままの煮干しが口の中の変なところを衝立《ついたて》のように塞《ふさ》いでしまったようだ。

「あれ、必死に取ろうとしてる。動きがおもしろいね」

猫に悪いと思いながらも、郷子は猫のユーモアを引き立たせる意味で言った。

だが女の子が無表情のままだったので、郷子は一方通行な気持ちを持て余してしまった。

たぶんこの子は先週路地裏で見かけた女の子だろう。

でも自分のことなんてもう忘れているのかもしれない。まあ、無事ならよかった。「じゃあ」と郷子は小さく言って、その場をそっと離れて行く。

するとと待ってください、と女の子の声が後ろから追って来た。

「先週祠の前で……。ありがとうございました」

弱々しい、消え入りそうな声だった。

あっ、いえいえ、と照れくさそうにしながら郷子がたずねる。

「あのあと大丈夫だった？　私、余計なことしちゃったかなって、思って」

「いえ、もうあそこには行っていませんから」

この話題に触れたくないのだろうか、少女は目をそらして冷たく言った。

「ええと、あの猫はどうしたの？」

話題を変える目的で郷子が言うと、女の子は少しこちらを見上げている。身長は郷子より少し低い百五十四センチくらいだろうか。

「年明けに、ゴミ箱の横でうずくまっているのを見つけたんです」

少女が「骸骨堂」と隣の店の間を振り返った。店と店の隙間、その向こう側に木製のゴミ箱が見える。

「調子が悪いようだったから、捕まえて病院に連れて行きました。といっても人間の診療所ですけど、猫好きな先生だから見てくれるかなと思って。そうしたら栄養失調気味で足も怪我《けが》していたから、手当てをしてもらって、元気になるまでうちで預かることにしたんです」

「じゃあ今はだいぶ元気になったんだね。でもあの猫」

郷子はさっきの強烈なパンチを思い出す。「よく捕まえられたね」

「最初見つけたときはだいぶ弱っていたんです。でもどうしても助けたかったから、お父さんに声をかけて、手伝ってもらいました」

「へえ、優しいお父さんだね。そんなきたねぇ猫うっちゃっておけ！　なんて江戸っ子なら言いそうだけど」

「お父さんはこの店の三代目で確かに江戸っ子ですけど、そんな乱暴な言い方しません」

こちらをまっすぐ見ながらきっぱり言った。

「あっ、そう？　上の看板の字がすごく猛々《たけだけ》しいからてっきり……どうもすみません」

謝りながらも、そんな感じで先週の男の子にも言い返せばいいのになあと郷子は思っていた。でもあの猫、と言ってから、女の子は空になった器が置かれたままの場所を見る。

「ご飯をやっても土間に入れても、一向になつかないんです。いつまでもシャーシャー言って、がんこなくらい攻撃してくる。お母さんなんて『こんな雑巾《ぞうきん》みたいな柄、遠くに捨ててきなさい』ってずっと言ってます。だけどご飯の時間になると必ずやって来る。でもやっぱり触らせてくれない」

いつの間に出てきたのか、食事を終えた猫は陽の当たる場所で毛繕いをしていた。小さな舌を使って背中や腹の毛をせっせと舐《な》めている。やはり今は栄養が行き渡っているのか、毛艶《けづや》も悪くない。それに「雑巾みたい」ではなく、サビ柄と言うのでは？

「何を考えているのかわからない。友達がいるようでもないし、いつも一人ぼっち。だけど私に甘えてくることもない」

そう言っている女の子も、郷子には一人ぼっちのように見えた。

「もしかして、猫を飼うのは初めて？」

郷子の問いかけに女の子が頷いた。

「猫は自由が好きな生きものだから、人に媚《こ》びたりはしないんだよ」

群馬の田舎で触れあった猫たちの姿を、郷子は思い返す。

名前を持たない猫たちは畑や蔵のネズミを獲《と》ったり、土を掘ってモグラを捕まえたり、カラスと元気に格闘していたり。なぜか気持ちのいい場所をよく知っていて、今日のような冬の日には、陽がよく当たるビニールハウスの中で、ふんわり身体を丸めて眠っていた。触らせてくれる猫もいたけれど、絶対に触らせない猫もいた。猫同士が喧嘩《けんか》する姿はよく見たが、人に露骨に威嚇を示す猫はいなかった。たぶん猫らしく、のんびり過ごしていたからだろう。都会と違って田舎は車がほとんど走っていない。猫の脅威になるものも少なかったはずだ。

「あの猫は大きさから見ても、まだ一歳にも満たないんじゃないかな」

郷子の言葉に興味を持ったのか、うん、と女の子が深く頷いた。

「これはたとえ話なんだけどね、生まれたばかりの赤ちゃんって泣いたり怒ったりニコニコしたり、素直で正直だよね。でもその赤ちゃんが急に『触るなー』って感じで周りを威嚇し始めたら、どう思う？」

うん？　という顔で疑問を浮かべた女の子はしばらく考え込んでいる。

その反応を待ちながら郷子はふと思う。少し前にとし子から、自分はこんなふうに聞かれたような。

すると逆の立場になった今わかるものがある。

もしかしたらおかみさんは、私がこの女の子みたいに、自分の頭で考えるように仕向けてくれたのかもしれない。そこで、あっ、と少女が声をあげた。

「何か、嫌なことがあったのかなって思うかも」

こちらを見ている女の子の瞳孔《どうこう》が大きくなって、表情に動きが見える。

やはりそうだと郷子は思った。

自分の頭を使って考える、それが生きるうえで大切なことの一つなのかも。

「私もそう思う、何か素直になれない事情があるのかもしれないよ」

「事情？　猫にも事情があるんですか」

驚いたのか女の子が声をあげた。

平日のこの時間、家にいるこの子にも何か事情があるのだろうかと郷子は考えていた。

だから自分の事情から目をそむけるように、さっきから猫のことばかり気にしているのかも。


サビ柄の子猫を見るようになったのは昨年の秋からで、子猫は骸骨堂の前の道をよく行ったり来たりしていたのだという。

ここ数年、車の走行が急に増えた道をわざわざ横断し、どこへ行っているのか女の子は気になっていた。するとどうやら、道の向こうに暮らす猫好きの老婆のところにご飯をもらいに通っていたらしい。しかしその老婆が昨年の暮れ、亡くなってしまった。

「近所の人から聞いた話はそこまでです。あとは想像なんですけど、ご飯をくれる人をなくして、お腹を減らしているときに石か何かを投げられて怪我をしたのかなって。活発な猫でも体力が落ちてるときなら狙いやすいだろうし。でも、もしそうだとしたらあの猫、踏んだり蹴《け》ったりですよね」

そう言って女の子は猫に目を向けた。

それから空を見上げて視線を落とし、店の影をじっと見る。

「四時になったから、おやつを食べに行きませんか。近所にみつ豆の美味しい甘味屋《かんみや》さんがあるんです」

「みつ豆?」

と初めて聞く名に反応しながらも、なんて頭がいい子なんだろうと郷子は驚きを禁じえない。

もしや今、影の長さで時間を測ったのだろうか。だがそれ以上に興味を引くのがみつ豆だ。みつという音《おん》には耽美《たんび》な響きがあって、乙女心をくすぐるものがある。

「時間は大丈夫ですか」

うんうんと郷子が頷くと、こっちですと言って女の子が歩きだす。

「みつ豆は浅草生まれの食べものなんです。お姉さんは……」

「畠山郷子です」と胸に手を添えて言った。

「私は青山蓮子《あおやまれんこ》。郷子さんは、このへんの人じゃないですよね」

「あれ、よくわかったね」

「みつ豆を知らないようだからっていうのもありますけど、男に『おまえ』なんて平気で言えるのは、この土地の人の目を気にしていないからかなって。郷子さんくらいの年齢になればたいていの女の人は異性を気にして、おとなしくなると思いますし」

郷子は苦笑いを浮かべた。

異性を気にしてなくてすみませんねぇ、と口にはしなかったが。

「でも急に出かけちゃっていいの？」

「今日はお父さんもお母さんもいません。店には店員さんがいますから」

仏壇通りを脇にそれると民家の間を進んでいく。

途中、老人が道の脇に台を出して将棋を指していた。郷子の横をすり抜けていった小学生が、家の前でランドセルと引き替えに母親から渡されたのは赤ちゃんだった。子守を頼まれたらしく、背中に紐《ひも》でくくりつけられるとまた駆け出していく。上を見ると、屋根や庇《ひさし》の向こうから銭湯の煙突がこちらを見下ろすように伸びていて、ゆるやかに煙を吐いている。

十分ほど歩いて現れたのは、こぢんまりした店だった。

抹茶《まっちゃ》色の暖簾《のれん》に「すゞめ」と小さく書かれているからそれが店名なのだろう。店の引き戸には木枠があしらわれ、窓には木製の面格子《めんごうし》がかかって控え目な江戸情緒を感じさせる。

だが気になっていることがあった郷子は引き戸に手をかけていた蓮子に、ねえねえと声をかけた。

「さっき四時になったからって言ったけど、どうして四時なの？　おやつは三時じゃないの？」

蓮子はどうしてそんなことを聞くんだと郷子を非難するような真顔になって、醒《さ》めた気配を漂わせる。

「年明けから私、中学に行ってないんです。お店の人に知られると心配されますから」

蓮子自身のことなのに、まるで他人事《ひとごと》のような口調だった。

三時だと学校に行っていないと気づかれてしまう、だから四時？

自分の事情は大げさに扱ってもらいたくないということだろうか。それにしても郷子のほうが、何か悪いことを聞いてしまったかなという微妙な気持ちになってくる。

「おや、お蓮ちゃん。いらっしゃい」

店に入ると、木製のカウンターの内側から店主が声をかけてきた。

「おじさん、おばさん、こんにちは」

さっきまでとは打って変わって蓮子は笑顔で、明るい声を出す。

「まだ誰もいないから、こっちの方が火鉢があってあったかいよ」

おじさんの隣にいたおばさんがカウンターの奥を指した。

じゃあと言って座った蓮子は、郷子にどうぞと奥の席を勧める。上座を譲る礼儀正しさは目前の老夫婦を意識しているからだろうか。

店の夫婦はどちらも六十代くらいで、店内にはのんびりと穏やかな空気が流れていた。郷子の後ろには小さなテーブル席が二つあるだけだ。

「みつ豆を二つください」

と、蓮子がさっそく注文した。郷子は老夫婦の背後に下がっている木の札を眺める。みつ豆、豆かん。二つの違いがわからない。

「学校はどう？」

お茶を出しながらおばさんが蓮子に聞いた。

「ええと勉強が大変、かな。あっ、こちらは友達の郷子さん」

メニューを眺めていた郷子は慌てて前を向くと姿勢を正した。

「友達？　はい、友達です。はじめまして」

「あら、お蓮ちゃんよりお姉さんね。すぐそこの高校生？」

今度慌てたのは郷子……ではなく蓮子のほうだった。あたふたと郷子の前で手を動かしながら弁明する。

「郷子さんは友達ですけど、家庭教師みたいな人でもあるんです、ええと」

へえ、とおじさんは感心したようだ。

「昔っからお蓮ちゃんは勉強ができたもんなあ！　わざわざ山手《やまのて》のお嬢さん学校に行ったくらいだから。このへんの鼻タレ小僧と違って、家庭教師だってつくだろうなあ」

「ええ、女の子にだってこれからは学問が必要ですよ」

目尻《めじり》に皺《しわ》を寄せ、おじさんとおばさんは頷き合っている。

うーんと居心地の悪さを感じた郷子が横目で蓮子を見ると、蓮子は逃げるように目をそらす。

「高校で郷子さんは部活とか、どんなことをやってるんですか。ほら、若い人から学校の話を聞くとこっちもワクワクして若返るっていうか」

おじさんが興味深そうに早口で聞くと、おばさんも話に乗ってくる。

「そこの高校生とすれ違うと、いかにも青春って感じが伝わってきて、ほら、『青い山脈』の音楽が聞こえてくるみたいっていうか」

「なあ、そういえばお蓮ちゃんは映画の若山《わかやま》セツ子に似てるよなぁ。それなら郷子さんは原節子《はらせつこ》か」

「あらぁ、いいわねえ。高校生なら青春真っ盛りのはずよねぇ」

原節子は確か家庭教師ではなく高校教師役だったような。

しかし盛り上がっている二人に訂正を入れるのは申し訳ない。原節子と言われたのも悪い気はしないが、やはりそんなわけはないので、どうも座っていて落ち着かない。

郷子は蓮子を見ながら、遠慮がちに手を挙げた。

「ごめんお蓮ちゃん。あの、私、十七歳だけど高校生じゃないです。中学を出たあと群馬からこっちに働きに出て来た田舎の出身で、畠山郷子といいます。今は浅草寺の近くの高野バーでウェイトレスをしています」

正直に話してしまって郷子はすっきりした。

けれどその一方で蓮子は何も言わない、いや、言えないようだった。どう対処したらいいのかわからないらしく、店の二人の反応をうかがっている。

おじさんとおばさんは口を閉じ、しばらく黙って目を見合わせていた。

だがふいに、おばさんが郷子の前にお茶を置く。

「それなら社会人の家庭教師ね」

「うん、そうだな。先生ったって学校の先生だけじゃないからな」

二人の優しい対応に、蓮子はほっとしているようだった。露骨に胸を撫《な》でおろしている。

そんな彼女をまたちらっと見た郷子は、老夫婦がカウンターを離れた隙に「お蓮ちゃん」と囁いて手招きし、顔を寄せる。

「おじさんとおばさんはいい人だけど、あの二人がもし、私のことを『田舎者だ』とか『学がない』とか言ったらどうするつもりだったの？　お蓮ちゃんも二人に合わせるつもりだった？」

「えっ、まさかそんな、あの、ええと」

もう郷子と目を合わせてくれない。

うつむいた蓮子は暑くもないのに額の汗を拭《ぬぐ》うような仕草をしたり、もじもじと身をゆらしたりしている。しびれを切らした郷子がまた顔を寄せた。

「別にいじめてるわけじゃないからね。でも祠の前で会ったときから一週間経《た》ってるんだよ。その間もずっと学校に行ってなかったんでしょ？　それなのに『年明けから私、中学に行ってないんです』なんて、さらっとかっこよく言ってる場合じゃないいんじゃないかな。何か理由があるの？　だから小学生のワルガキから乱暴なことを言われても言い返せなかったんじゃない？　自分を守れるのは、自分だけだよ」

そわそわしていた蓮子の身体のゆれが、ぴたっと止まった。

郷子の方を一切見ず、前を向いたまま、最初に会ったときと同じ、表情の薄い生気のない顔に戻ってしまった。

「はい、みつ豆。寒天もお餅《もち》もできたてだよ」

おじさんが黒い陶器の器を二人の前に置いた。

中にはザクザクと切られた透き通った寒天がたっぷり入っている。

その隙間に、脇役にしては主張が強い、大きな豆がゴロゴロ、ピンク色のお餅も三、四個。さらにシロップ漬けのパイナップルとみかん。すべてがひた、ひた、と黒蜜《くろみつ》に浸《つ》かっていた。

おおーっ、と郷子は感嘆の声をあげる。これがみつ豆。

宝石みたいにきれいな食べものである。でもこれ、どこかで見たような?

「ねえ、いただこう」

郷子がうながすと蓮子がスプーンを取った。

いただきますと言って、郷子は黒蜜ごとたっぷりスプーンですくって口に入れる。

まず感じたのは冷えた寒天の清涼な味わいだった。それを引き立てている濃厚な黒蜜は、もやっと舌を包み込む玄妙《げんみよう》な甘さで、齧《かじ》ったときの黒砂糖そのものだ。お餅はまるで新しい布団のように柔らかい。そこへパイナップルとみかんの酸味が加わって複雑な味わいを感じさせる。

「美味しーい」

調和という言葉を連想し、歌うように洩らした郷子はさらに食べ進める。

問題は豆である。

「大きくて、ふっくらしてて、すごく美味しい。皮の内側がたっぷりあって、食べ応えもありますね」

郷子の感想に店の夫婦は嬉しそうだ。

「これはなんの豆ですか」

「赤えんどう豆。それにしてもさすが社会人、大人の味がわかるツウだねえ」

おじさんは店の奥に行って急に活発な動きを見せ始める。戻って来ると今度は別の器を郷子の前に置いた。

「これは豆かん。豆好きには断然、こっちがおススメだよ！」

郷子は身を乗り出した。豆が好きならお好きなだけどうぞ、といった感じで寒天が見えないほどゴロゴロ豆が載っている。赤えんどうといいながらも黒々としている。

「豆、寒天、黒蜜――以上。潔い大人の甘味の極みって感じですね！」

ああ、大人になるなら豆かんみたいな人間になりたい。

そう続けて思いながら、郷子はさらにスプーンを口に運んで悶絶《もんぜつ》する。

「おおお、美味しい、美味しいです！」

粒あんよりもこしあんが好きな理由は皮がないからだ。しかし豆かんの豆は皮があるからこそ美味しい。薄い皮が弾《はじ》けるときに独特の弾力がある。皮の近くに旨味があって、ほっくりとした食感もよく残っている。

「お蓮ちゃんも今日は豆かん、食べてみるかい？」

「でも豆はお腹でふくらむから、晩のご飯が食べられなくなったら困るんじゃないの？」

そう話すおばさんに、食べ盛りだから大丈夫だろうとおじさんが返している。

当の蓮子は黙って食べているかと思いきや、スプーンを持つ手が止まっていた。

器にはまだみつ豆が半分近く残っている。だが、どうも様子がおかしい。

お蓮ちゃん、と呼びながら郷子がそっと肩に触れる。店の夫婦も異変に気づいたようで、心配そうにそろって蓮子の顔を覗き始めた。

するとやっと顔を上げてくれた蓮子は眉を八の字にし、口もとをゆがめている。

潤んだ瞳からポロリと涙が流れ、はっ、と蓮子は手の甲で拭ったけれど、たまった量に追いつかない。追いつかないならもういい。そんな破れかぶれに見える勢いで、最後は小さな子のように声をあげて泣き出してしまった。

優等生で礼儀正しいいい子のお蓮ちゃん。

そのイメージを守るため必死に取り繕う努力ばかりしていたのかもしれない。

だから泣き始めると甘えん坊が暴走してしまうのか、オロオロしている老夫婦の前で蓮子はだいぶ長い間泣き続けていた。

「しゅ、しゅみません、も、も、もう大丈夫なんです」

めがねを曇らせながら、えぐっ、えぐっとしゃくり上げている。

「しっかり者だなんだって、こっちがやたら言うから無理をさせたんだ。お蓮ちゃん、すまなかったねえ」

実は年明けから「山手のお嬢さん学校」に行っていない。いや、行けなくなってしまったのだ、と打ち明けられたおじさんは慌てふためきながらも頭を下げた。

「私ったら何も気がつかなくて。ごめんなさいね、お蓮ちゃん」

おばさんも腰を屈めて、申し訳なさそうに謝っている。

めがねを外した蓮子はゴシゴシとハンケチで顔を拭い、強く頭を振った。

「お、おじさんとおばさんは、わ、悪くないです。単に、私が、二人の声を聞いていたら、なっ、泣きたくなっちゃっただけ……」

おう、おうっ、とまたあえぐように泣いている。

それは、今日は店にいないという、本当に近い場所にいる人に甘えられなかったという意味ではないだろうか。

「さっき私がお蓮ちゃんにきついことを言ったんです。学校に行ってないのにどうして行ってるふりなんてしてるんだろうって、ただ思ったから」

ごめん、と郷子も蓮子に向かって頭を下げた。

けれども蓮子は首を横に振っている。

「私、ずっと泣きたかったみたいです。逆にすっきりしました」

泣きたかったみたい。

この、みたいというのが厄介なのだ。他人に合わせ過ぎて、自分の感情が行方不明になっている人の特徴だろうか。

「実は私もよくあるんだけど、つらいのをつらいって言えなかったり、感じられないのって、まずいと思うんだよね」

さりげなく郷子が言うと、おばさんは郷子に目配せし、おじさんの腕を取る。

あとはまかせておきましょう。そんな雰囲気を残して二人は奥に行ってしまった。他の客は蓮子が泣いているときに入ってきた、郷子の後ろにいるテーブルの一組だけだ。

鼻をずるずるしていた蓮子だったが突然チーンと大きな音で鼻をかんで、そのハンケチを丁寧にたたんでから濡《ぬ》れていない面をぐいぐい目に押し当てている。

なんだか動作が大胆になってきた。

「つらいのをつらいって言えない。それはどういうことですか」

涙は止まったようだ。

そんな蓮子に郷子は自分の生い立ちを話し始めた。

といっても、中学生に聞かせても大丈夫だろうという範囲の話である。

家族の中でずっと邪魔者扱いされてきたこと。中学を出て集団就職したものの労働の過酷さに耐え切れず、二年半で工場を脱走したこと。なんとか上野駅まで逃げて来たものの、工場の人間に捕まりそうになり、ロクさんと高野バーの面々に助けてもらったこと。

「工場から逃げてるとき、こんなにつらいなら私なんてもう、電車に飛び込んで死んじゃったほうがいいかもって、思ったんだよね」

蓮子は神妙な様子で頷いている。

「でも夜の線路に一人で寝転んで空を見上げていたら、私が死んだあとの新聞記事とか、そういうのがもやもやもやもやって頭に浮かんできて、親がそれを見たらどう思うかな、へへっ、いい気味だぜ、なんて想像していたら気がついたの。私って親に怒ってるんだ。だから自殺して、復讐《ふくしゆう》してやろうなんてたくらんでいるんだ。ああ、そうか、そうなんだ！私ってかわいそう！　十七で親や大人を恨みながら、こんな見知らぬ寒いゴロゴロした場所で一人っきりで死んでいくなんて。なんて哀れなキョーちゃんなのっ！」

がばっと伏せた郷子はカウンターをこぶしで叩きながら泣く真似《まね》をする。

けれどすぐに起き上がって、蓮子の方に顔だけを向けた。

「まあそんなふうに自分を哀れんで、思いきり自分に寄り添ってやる感じで、自分のためだけに泣いてあげたの。どうせ周りに誰もいなかったし」

自分の姿を重ねたのか、蓮子は気まずそうにめがねを触っている。

「でもそうしたら急に、急にだよ」

「はい」

「何もかもバカらしくなったの」

ん？　という顔をする蓮子の前で郷子は腰をそらし、両手を広げる。

「だって、なんで私が死ななきゃいけないの？　田舎にいる頃は親の言う通りに家の仕事だってやったし、高校も行かないで集団就職だってした。大変だったけど二年半、必死に働いた。それなのにどうして私が死ぬの？　集団就職した子なんていっぱいいるんだよ。私以外の子はみんな平気なの？　苦しくないの？　そもそもこれって私一人が抱えるような問題じゃないよね。そう思ったら、あーバカらしいって」

郷子がくちびるを尖《とが》らせ両腕を下にだらりとさせ、やさぐれた様子でいると、目をパチパチさせた蓮子は正面を見、めがねの上の眉をぎゅっと寄せてから、くるりと郷子の方を向いた。

「私の話も聞いてください」

「うん」

「昨年の春から私が通っているのは近所の中学じゃなくて、山手の、お嬢さんが行くような学校なんです。私立の有名なところ。うちはお母さんが山手の出身だから『中学は絶対にここがいいから』って何度も勧めてきて、それで」

店の夫婦が「頭がいい」とか「学問がどう」とか言っていた理由はこれだろうか。

「でも、いざそのお嬢さん学校に入学したら私、びっくりしちゃって」

「ふむ」

カウンターに片手を置いて郷子もまた蓮子の方を向く。

「だって私が今まで接してきたこの街の子たちと全然違うんです。『ごきげんよう』とか

『団地暮らしもなかなかいいものよ』なんて気取って話しているから、こんな人たちとやっていけるかなって、不安になって」

ダイニングキッチンや水洗トイレといった最先端の設備を備えた公団住宅は、サラリーマンの父親を持つ家族の憧《あこが》れの象徴——そんな記事は郷子も目にしたことがあった。

「でもこれから通う学校だからって、私もそういう雰囲気になんとか合わせるようにやっていたんです。だけど昨年、ちょうどあの猫を見かけたときくらいから、やっと仲良くなれたと思っていた学校のお友達が急によそよそしくなって……。たぶん私の身元が知れて、噂《うわさ》になったからだと思うんですけど」

「噂って？」

「あの子は下町の子だから仲良くしちゃいけないって、そんな噂です。もしかしたら親から言われた子がいたのかも。でもその噂を聞いて、なんだ、急に私を避けるようになった理由はこれなんだって思ったら、頭がぼうっとしてきて、お正月休みが終わる頃になると、もう学校なんて行きたくないなあって思って、そうしたら本当に行けなくなっちゃって……」

目を伏せた蓮子は制服のスカートを両手でぎゅっと握りしめている。

だが腹が立った郷子は、バシッと感情的にカウンターを叩いた。

「何それっ、ひどい。それはひどいよ！」

激したものの、ここは蓮子の大事なお店だったと思い出し、慌てて木製のカウンターを撫でながら言う。

「お蓮ちゃんはひどいこと言われて、一人でがまんして、つらかったね。私だって仲良くしていた子から急にそんな態度取られたら傷つくし、落ち込むよ！」

すると涙ぐんだ蓮子は無言のまま、何度も頭を縦に振っている。

一方郷子は、都会の子は都会の子でいろいろ面倒があるんだなと、自分の考えが修正されるように感じていた。

しかしどうも腑《ふ》に落ちない。

「でも下町出身だと、どうして仲良くしちゃいけないの？」

「上野あたりはいろんな人が集まるから、昔から治安が悪いって言われていますし、浅草も変わった人が多いから」

郷子は腕を組む。まだよくわからない。

「だけどお蓮ちゃんはちゃんと勉強して入学した、同じ学校の生徒でしょ。上野や浅草の治安が悪いって言われても困るよね。そもそもお蓮ちゃんは子供だし、街の治安を代表するような人じゃないしね」

「治安というより、下町に関しては、行儀が悪いとか乱暴とか言ったほうがしっくりきますけど」

「じゃあお蓮ちゃんは治安が悪い土地の店で育った、行儀が悪くて乱暴な子なの？」

「なっ、違います！」

顔を赤くして言い返してきた。

「そうだよね、猫を助けるのを手伝ってくれたお父さんのことも、江戸っ子だけど乱暴な言い方はしないって言ってたもんね。それなら山手の人は下町発祥のみつ豆も豆かんも、治安が悪い土地のものだからって食べないのかな？」

考えるような間を置いてから、さあ、と洩らして蓮子が腕を組む。

「さっきみつ豆を食べたとき、これ、前にどこかで見たことがあるぞって思ったんだけど、それってあんみつだった。私、あんみつは知ってたけど、みつ豆も豆かんも知らなかった」

こっちを気にしているおばさんに、すみませんと郷子が声をかけた。

「あんみつとみつ豆の違いは何か、教えてください」

泣きやんだ蓮子にほっとしたらしいおばさんが、温厚そうな調子で言う。

「あんみつは、みつ豆にあんを載せただけ」

すると、おじさんが急いであんが入った器を持って来た。

「よし、今日は特別サービス！　お蓮ちゃん、これであんみつにしたらいい」

蓮子は言われたように、みつ豆の残りにあんを載せる。

「あんみつの発祥は銀座《ぎんざ》なんですよ」とおじさん。

銀座は東京に暮らす人たちの、憧れの街だ。

それなら、と郷子がひとさし指をゆらしながら整理する。

「みつ豆が先で、そのあとみつ豆に銀座であんが載って、あんみつになった」

「そうそう」

おじさんとおばさんの声がそろっていた。

「すごい、息がぴったり!」

と、蓮子が嬉しそうに言った。そんなことばっかりじゃないんだよとおじさんが説得するように言い、別に照れなくたっていいじゃない、とおばさんがのんびり頬に手を当てると、その掛け合いがおもしろくて、結局カウンターを挟んで四人で笑った。

笑っているうちに蓮子は思い出したらしい。

「そういえば、よそよそしくなった子が前に、いちばん好きなものはあんみつだって言ってました」

たぶん山手の子もその親も、上野や浅草といった下町の、勝手なイメージを蓮子一人に押しつけているだけだ。そんな相手の未熟さを逆手に取って、こちらがまた見下すのは簡単なこと。

ふうん、とだけ郷子は言っておいた。

遠方の学校を選んだのは、母親に喜んでほしかったから。

蓮子は帰りにそう打ち明けてきた。

彼女の母親は山手生まれのお嬢さん。だが父親は生粋《きっすい》の浅草っ子。父親は骸骨堂の看板の字を書いた豪傑な初代と違って、どちらかというとやはり気持ちの優しい人のようだった。

「正月明けからどうしていいかわからなくなって、私、両親とほとんど口をきいてなかったんです。特にお母さんは猫のことだってうるさいし、そもそも山手の学校だってお母さんに言われなければ、行かなかった」

空は夕焼けに染まって、蓮子の身体がオレンジ色に包まれている。

「でも、お母さんのせいにしていたらダメですよね。その学校に行こうって最後に決めたのは私。郷子さんと話しているうちに気づきました」

えっ、とうろたえた郷子はお下げ髪を触る。

蓮子の理解の早さと、覚悟のきざしに驚いていた。彼女と同い年のとき自分は何をしていただろう。薪割《まきわ》りをしながら奇声をあげて苛立《いらだ》ちを解消したり、オニヤンマの胴体に紐を結んで飛ばしたり、山に登って見つけたあけびの実を食べながらニヤニヤしていたような。

「あの、キョーちゃんでいいから」

「うん、キョーちゃん、今日はありがとう。私、自分が生まれ育った街について何も知らなかった。だからちょっと言われただけで、しょげちゃったんだなって思いました」

「学校は、行ける？」

頷いた蓮子の目はぱっちり開いて、そこに郷子の顔が映り込んでいる。

「昨日の晩お父さんが、私が行きたくないなら無理に行かせないで転校させたほうがいいんじゃないかって、お母さんに話していたのが聞こえたんです。でも私、もう少し、やってみます」

もう少し、それがなんなのか郷子にはわからなかった。

だが彼女なりの考えがあるのだろう。骸骨堂の勝手口の前で、蓮子と手を振って別れた。

少し歩いた先で振り返ると、蓮子の近くに小さな影が寄って来るのが見えた。しっぽがゆらゆらと、ゆれている。だが蓮子が一歩近づくと、後ろに下がってシャーッと声をあげた。

結局蓮子は知らないそぶりで勝手口に入っていく。

そのあと少しだけ戸が開いていたのは、小さな影のためだろうか。

郷子はその足で祠のある路地裏に向かった。

すると一人の少年が祠の前に膝《ひざ》をついて地面に何か描いている。

上から見た頭は坊ちゃん刈り。もしや一週間前に見たボスの子だろうか。

それにしても近くに立つ郷子に気づかないほど集中しているのか、残り少ない夕陽の光を頼りに、熱心に何かを描いている。もしかしたらこの狭い小さな場所は、彼の安息の地なのだろうかという考えが郷子の頭に浮かんだ。

だけどどう話そうか、なんと説明したらいいだろう。

先週のこの時間、頭が真っ白になって、正体不明の怒りにとらわれてしまった原因を郷子は自分の中でずっと探っていた。

この場所がたとえ坊ちゃん刈りの安息の地だったとしても、蓮子を怖がらせ、乱暴に追い出すようなやり方はよくない。だが彼女を助けるためとはいえ、自分もまた彼と同じく感情的にやり返してしまったのは、まったくよくないやり方だったと郷子はずっと思っていた。

あのとき急に強い怒りを感じたのは、やはり殴りつける仕草を向けられとっさに頭をかばった蓮子に、昔の自分を重ねてしまったからだろう、と郷子が気づいたのは少し前。

生家の父親は酒を飲むと郷子に手を上げることがよくあって、父親は言葉を発するより先にこぶしを振り上げることもまた多かった。だから郷子はとっさに肘《ひじ》を曲げ、顔の前に腕をかざし、自分の頭や顔をかばう仕草をした。

怖いわよ、もちろん。もし相手に殴られても、私はその場でやり返せないから。

小巻はそう言っていた。それなのに目が見える自分は親に殴られてもやり返さず、自分を殺すように、心の目を閉じるほうを選んでしまった。

まあ、でも自分はまだ小さくて逃げ場がなかったのだから仕方がない。だが当時の自分自身を私は見捨ててしまったという後悔が、郷子の中にずっとつっかえ棒のように残っていて、それが怒りになったり、自責の念にすり替わったりしながら、自身の生きづらさに繋《つな》がっているのは確かなようだった。

そんな自分を許すため、大きく一度深呼吸をする。

気持ちを落ち着けてから目前で跪《ひざまず》いている男の子に近づいて、声をかける。

「あの、先週会ったよね」

振り返った坊ちゃん刈りはこちらをじっと見上げていた。

その顔色が突然さっと変わり、立ち上がると同時に郷子から逃げようとする。

だからすかさず頭を下げた。

「先週はごめんなさい！　ええと、いろいろ言って、やり過ぎました」

と、お下げが二本垂れ下がった視線の先に、彼の描いた絵が飛び込んでくる。

あっ、と郷子は思わず声をあげてしまった。

「これ、きみが描いたの？　すごい、上手だね」

蠟石で描いたとは思えないほど、なかなか緻密《ちみつ》な絵が並んでいる。

ゴジラ、おそ松くん、山高帽をかぶったおじさん？

「ん、これは誰だ？　あっ、チャップリンか」

褒《ほ》められて嬉しかったのか、白くなった手をズボンにこすりつけながら戻って来た少年は、不機嫌そうな様子ながらも首を振って教えてくれる。

「違う、あのねのおっさん」

「へえ。あっ、これは東京タワーだ」

「全然違う、大阪《おおさか》の通天閣《つうてんかく》」

へっ、へえええと郷子は変な声をあげた。

通天閣なんて初めて聞いた。

だが少年の絵を見ているうちに、大阪に行きたくなってくる。

「でもどうして通天閣なの？」

「東京タワーは描き飽きた」

予想外の返答だった。よく見ると、地面に放り出されていた彼の鞄からボロボロのスケッチブックが覗いている。そこにはもっとたくさん、いろんなものが描かれているのかも。

「あっ、そうだ。これはどう？　描ける？」

郷子が鞄から取り出したのは、楳図かずおの貸本漫画である。

「なんだこれ、変なの」

しばらく眺めていた少年だったが、そのあとすぐ恐怖に打たれた美少女の顔を蠟石で大きく地面に模写してくれた。

「おおっ、すごい、うまい！」

感激して拍手すると、得意になった少年は美少女の横に「きゃーっ」と力強く書き足した。

完成したその絵があまりに可笑《おか》しかったので郷子は笑ってしまった。すると隣に並んだ少年もまた「きゃーっ」と真似するように声に出し、少し笑っている。

「これだけ描けたら、将来絵描きになれるんじゃない？」

「ううん、漫画家。いや、絵描きでもいいや」

しかし少年は持っていた蠟石をぽいと地面に投げ、少しうつむく。

「でもうちは店をやってるから」

ふて腐れたような言い方だった。

店をやっているから絵描きになれないと思っている、もしくは親か誰かに自分の夢を反対されたことでもあるんだろうか。だからひと目につきにくい場所をキャンバス代わりに選んで、時間を惜しむように描いていたのだろうか。

「でも絵を描くのが、好きなんだね」

「うん」

「さっき見たときすごい集中してたから、楽しいんでしょ」

うん、と彼はまた小さくつぶやく。

「楽しく感じるって、すごいよ。才能だよね」

そうだ、と郷子は声をあげた。

「それじゃ今度私の友達をここに連れて来るからさ、その子の顔描いてくれない？　小巻ちゃんって言って、この女の子に、よく似てるんだよね」

ふーんとうつむいていた少年は顔を上げ、「いいけど」と照れ臭そうに返してくる。

「でもその子、ちゃんと描かないと文句言ってきそうなタイプなんだけど大丈夫かな。まあきみくらいうまかったら、大丈夫かなあ」

急にやる気を出したのか、少年は今度、目に力を込めて、うんと強く頷いた。

でも、と少し意地悪な気持ちになった郷子は言ってやる。

「漫画家になりたいんだったら、構図かずおくらい読んでおきなよ」

「そっちだって通天閣と東京タワーの違いくらい知っておけば。作った人は同じだけど、通天閣は東京タワーより先輩だよ！」

坊ちゃん刈り少年に元気よく言い返され、何も知らなかった郷子は、はは、と力のない声で笑うしかない。

「確かに、次に会うときまで勉強しておくよ」

自分の中に向き合うのが怖いと感じる何かがあって、それは抱えているだけでも苦しいから、そんな自分を強く紛らわせるためのものが必要になってくる。

たぶんそれがお酒、正確には大量の酒がもたらす酩酊《めいてい》なのかも。

そもそも料理は味見が必須《ひっす》と常々言っているとし子に、自分は酒の味見を強制されたことはない。だから酒の試飲はまだやめておこう、と郷子は胸の内で思い直す。

「畠山さん、あれ」

無愛想なウェイターが郷子に声をかけてきた。

彼が目で示す入り口の方を見ると、蓮子がガラスドアから少し顔を出している。

「あれ、お蓮ちゃん。どうしたの？」

「今日は午後、お休みだったから」

先々週と同じセーラー服姿の蓮子は郷子の後ろに広がる店内に興味津々のようで、そちらに目を向けながら頰を紅潮させている。

「昼からお客さんがいっぱい。今、いいですか」

「うん、少しくらいなら」

郷子は蓮子とともに店の外に出た。

「お蓮ちゃんの家、そんな遠くないのに、このお店に来るのは初めてなの？」

「はい。お母さんがあんまりこっちに来ないのもあって」

ああ、と郷子は思い出す。蓮子の母親はあまり下町びいきではないのかもしれない。

「でも、中は大人ばっかりなのに、学校の休み時間と同じくらいうるさいですね」

「そうそう。ここで働いてると誰が大人で誰が子供か、わからなくなるよ」

郷子の言葉に、蓮子がふふっと笑って頬をゆるめた。

甘味屋で話した日から二週間ほど経っている。どうしたの？　と郷子がたずねた。

「あのね、キョーちゃん。私、先週から行けるようになりました」

「もしかして学校？」

「そう、学校！　まだちゃんと報告してなかったから！」

あまりにも蓮子が嬉しそうに言うので郷子が両手を前に見せると、やったー、と二人で手を叩き合う。

「それでこの前の授業のとき、このあたりが発祥のものについてレポートをまとめて、みんなの前で発表したんです」

「えっ、早い。そんな準備いつの間にしたの？」

「興味が湧いたから、一気に図書館で調べました」

さすがお蓮ちゃん。さらっと言っているが、興味を持ったらとことん集中するタイプなのだろうか。

でも、と小声で言った蓮子が急に残念そうな顔になった。

「周りは山手出身の子ばっかりで、先生も結局山手びいき。だから私の発表には、微妙な反応しか返ってきませんでした」

「ああ……」

それはこの街の楽しさを知らないからだ、と苦々しい気持ちになる。だがとにかく、大きく前に進んだ蓮子をたたえたい。郷子がそう思っていると、

「でもっ、でもね、キョーちゃん！」

と、握りこぶしを胸の下に二つ並べた蓮子が声をあげた。

「授業が終わったあと、一人の子が私に話しかけてくれたの。学校一の秀才で芳子《よしこ》ちゃんっていう子。あんまり喋《しゃべ》らない子だし独特の雰囲気があるから、それまで私、ほとんど話したことがなかったの。でも放課後に芳子ちゃんが私のそばに寄って来て、『本場のみつ豆食べてみたい。蓮子ちゃんの知ってるお店に連れて行って』って、言ってくれたんです！」

おおっ、と郷子は拍手する。

「それで芳子ちゃんを『すゞめ』に連れて行ったら、急にたくさん喋るようになったからびっくりしちゃった。将来は学者になりたいとか、住んでる場所で人を区別するなんて前近代的で野蛮だとか、蓮子ちゃんの今日の発表は本当に感動したとか、いろいろ話してく

れて……。私、実際に話してみるまで芳子ちゃんのこと、何も知らなかった」

「芳子ちゃんも同じように思ったかもしれないね」

「うん。それでみつ豆も美味しい、かわいいって、喜んで食べてくれました！」

一連の報告を聞いて郷子はじんと感動していた。

蓮子が自分で考え、勇気を出して行動したからこそ起きた変化である。

「でも猫は前と同じ。ご飯の時間になると、やっぱりいますけど」

相手の変化は相手にまかせる、それもまた大事なことなのかもしれない。

路地裏の坊ちゃん刈り少年は？ と郷子がたずねると、蓮子が路地裏を占拠しなくなったからだろうか。別の道ですれ違ったとき申し訳なさそうに目をそらされたらしい。

「よくわからないけど、もう私、そんなことどーでもいいんです」

本当になんとも思っていないのだと表すように、蓮子は話しながら両手をまっすぐ横に広げると、まるで何かを頭の後ろに思い切り放り投げるような動きをした。

するとその手をひょいと避けてやって来たのが、和服姿の男性客だった。

「あっ、イタタ、やられたあ！」

蓮子の手は当たっていないはずなのに、和服姿の一人がふざけている。

活動写真の見過ぎだなと言いながらその後に続いたのは、先日見かけた丸めがねの男、シンちゃんだった。

彼は寒そうに背を丸めて店に入ろうとしたところでこちらを見、

「あっ、蓮子！」

と言って袂《たもと》から急に手を引き抜いて、後ろに下がっていた。

「あれ、お父さん。どうしたの？」

蓮子が不思議そうに言った。

メンチカツ好きの彼も、他の男性メンバーも郷子はよくおぼえている。

それにしてもこの二人、親子だったのか。

となるとやはり「浅草有漏の会」は仏壇屋の旦那衆による集会だったのだろう。

確かに蓮子とシンちゃんは丸めがねや、礼儀正しいところが似ている。

「今日の午後は休校、昨日言ったよ」

動揺する父親を前に、蓮子が少しあきれた口調で伝えた。もしかしたら、娘がまた学校に行けなくなったのかと彼は誤解したのかもしれない。

「あ、そうか、そうだったな」

気の抜けるような返事をすると、シンちゃんは他の男たちに先に入るよう目配せする。

「それにしてもまさか、こんなところで蓮ちゃん……いや娘に会うなんて、驚いたな」

「お蓮ちゃんと私は友達なんです」

郷子の言葉に、えっ、とさらに驚いているシンちゃん。

「私が学校に行けるようになったのは、キョーちゃんのおかげなの」

いやいや、そんなことないですと言いながらも、蓮子の紹介に郷子は気持ちが引き締まる。

改めて郷子が挨拶《あいさつ》すると、

「うちの娘がたいへんお世話になりました」

とシンちゃんは、やはり大人に接するのと同じように丁寧に頭を下げてくれる。

蓮子が言っていたように、確かに猫を助けてくれそうな雰囲気の人ではある。

「そうだ、ここのメンチカツは旨いんだ。今日は蓮ちゃんもいっしょに食べようか」

気を取り直したように父親が提案した。

それなら二人そろって案内しようと郷子が先に進んでドアを開ける。

しかし、ううんと蓮子は頭を振っていた。

「今日はいい。今日は帰る」

「あれ、そう?」

拍子抜けしたのか、父親は抑揚のない声を出し肩を落としている。

「でも今度、お母さんも連れて三人で食べに来ようよ。それで次は、お母さんが生まれ育った街の、美味しいお店にも行ってみたい」

少し前まで蓮子は自分の意見を話すのが得意ではないようだった。

だが今日はなんの迷いも見せず、はっきりしている。

そんな娘を目の当たりにし、父親はしばらくめがねの奥の目を細めていた。それは娘の成長に驚いているようでもあり、戸惑っているようでもあった。

しばらくしたあと、ああ、と納得したようにつぶやくと、

「わかったよ。キョーちゃんが証人だ」

と蓮子に向かって頷いて、彼は娘を気にかけながらも店に入っていった。

3
アサクサノリの煙滅

箒《ほうき》とちりとりをもとの場所に戻したところで、ケシゴムは周囲を見回した。

はて、どうして俺《おれ》は掃除なんてしていたんだろうか。

今いる場所は新仲見世商店街を少し横に入ったところに建っている、古くさい二階建ての木造アパート。手についた泥を払いながら門扉の前に戻って来たケシゴムが胸ポケットのたばこに触れたところで、「おはよー」と眠そうな顔をして現れたのは、我らがスーパースター千里さんだった。

パーマを当てた長い髪に魔女のようなつば広の帽子をかぶり、今日は黒のフェイクファーのロングコートを羽織っているから、ぱっと見た感じ重量感があって獣じみた迫力がある。

だが異変を察したらしい。

「ん?」

千里はサングラスを下にずらし、ケシゴムの横をすり抜けてアパートの前の道路をうろうろすると、次は忘れものを探すように下を見ながら門から玄関のあたりを歩き回り、仕舞いにはアパートの脇《わき》を通って奥にある中庭の方まで行ってしまった。

それから腕を振って走るように戻って来る。

「ちょっと、玄関とか門の外とかすっごくきれいになってる！　もしかして私が来る前にやってくれたの？」

気づいたら勝手に身体《からだ》が動いていた。

なので眉《まゆ》を寄せながらも、ケシゴムは小さく頷《うなず》く。

「中庭の草むしりも？」

「はい」

やだぁと身をよじるような声をあげ、千里はケシゴムの手をすばやく取った。

彼の爪《つめ》は泥が入り込んで黒くなっている。

それを見て、もうっ、と千里はくちびるをすぼめて洩《も》らし、ケシゴムの腕に抱きつくように腕を回してぐいぐい身体を押しつけてきた。コートの下はたぶん下着に近い恰好《かっこう》だろう。でもよく鍛えているから、ケシゴムの腕に伝わってくるのは柔らかさよりも強い弾力のほうである。

「あんたは本当に気が回る子ねえ。たまに表の道にバナナの皮とか落ちてるから、お年寄りが踏んだら危ないじゃない？　中庭もそろそろ草むしりしないとダメよねぇなんてみんなで言ってたの。でもすっきり。ああ、気分がいいわ！」

千里の身体から甘ったるい香水の匂《にお》いがむっと漂い、ケシゴムにまとわりついていたたばこの煙の臭《にお》いなんて、あっという間に吹き飛んでしまった。

「じゃ、コンちゃん行きましょうか」

いつもより甘い響きが加わった千里の声を受け、芥子混太郎《けしこんたろう》ことコンちゃんこと、ケシゴムは、彼女をリードするように歩き出した。

アパートを出ると二人は映画館や劇場が多い興行街として有名な浅草六区方面へ入って行く。昼が近い時間なので道沿いにずらりと並ぶ商店はだいたい開いていた。けれど平日のせいか客の割合が少なく、道が混んでいない。だから二人はすいすい歩く。

とある劇場の法被《はっぴ》姿の呼び込みが、あくびをしているのが目についた。次に目に飛び込んできた別の劇場の呼び込みは、植木に水をやっている近所の人とおしゃべりしている。

と、ケシゴムの胸に不安が去来した。

果たして俺は、こんな場所に居続けていいんだろうか。

浅草六区の活気が最もあったと言われているのは大正時代、オペラやレビューといった華やかで、少しうさんくさい催しが盛んだった頃《ころ》である。当時六区の劇場はどこもかしこもぎゅうぎゅう詰めのギッチギチで、日本の娯楽は六区からと言われるほど、街は娯楽の中心地となっていた。そして戦争が始まってからはよく知られるように、大衆の娯楽は厳しい検閲の対象となり、かなり窮屈な時期が続いたようだ。だがそんな中でも興行自体は細々と続き、その苦労もあって終戦後、ちゃんと人が戻って来た六区は再び人であふれ返るようなにぎわいを見せた。ちなみにその時代、何より客を集めたのはこの狭い区域に三十館以上あった映画館だった。それで一時期六区は「映画街」として名を馳《は》せるようにもなっていた。

そうしてさまざまな隆盛を経た昭和三十八年の今、街の興行の中心となっているのは専門の劇場が七つあるストリップショウである。

浅草の商店街は「観《み》る、買う、食べる」の三つの商売で成り立っており、六区は映画と舞台の違いはあれど、「観る」人たちによって支えられてきた街であるというのは間違いない。六区に行けば何かある。客はそんな期待を抱いてやって来るし、演者は足を運んでくれた客の期待を情熱に変えて舞台に乗せる。そのやり取りこそがこの街の舞台を作ってきた、と言っても大げさではないだろう。

しかしそんな中、急襲してきたのが家庭用テレビという巨大怪獣である。「観る」街どころかその客が、「テレビの前から一歩も動きたくない」なんて言っているんだからしょうがない。

ケシゴムの不満は自然強くなる。

ああ、やだやだ。世の中楽したいやつばっかりだ。

別に自分だって新しいものが嫌い、というわけではない。しかし「浅草は終わった」「六区なんてもう墓場だ」なんて聞こえてくると、やはり腹が立つ。

落ち目になったところにあとからちょっと言って、自分を優位に見せたいやつなんてありふれている。やだやだ、俺は安易な批評家気取りにだけはなりたくない。バカなやつほど手早く楽して快感を得ようとするものだ。嘘《うそ》だと思うなら自分の身体に聞いてみろ。そんなお手軽な気持ちよさなんて長続きするわけがない、というのがケシゴムの持論だった。

世の大多数の意見に流されて、安易な快感の虜《とりこ》になってしまうのは危ない兆候だ。いや、非常に危険である。

ケシゴムは六区に来て二年。口下手で人みしり、そんな彼が貧乏暮らしをしながらも今日までなんとかやってくることができたのは、安易な方には流されまい、目先の快楽に飛びつくのだけは、ひとまずやめようという信念に支えられていたからだった。

だが当の六区は、家庭用テレビの普及が進んだ昭和三十五年を過ぎた頃から急速に客足が落ち、衰退の道を進みつつあるらしい。

と言われても、二十二歳のケシゴムは過去の六区を実際に見てきたわけではないから、「らしい」としかいいようがない。

名物の、肉まんとしゅうまいの香りがどこからともなく漂ってくる。

道の両脇に立つ劇場前の七色の幟《のぼり》が、いくつも左右にはためいている姿は二年前、ケシゴムが初めてこの街に足を踏み入れたときと変わらず美しい。

だが道を埋める人の密度は、明らかに違っている。二年前は人の波に身をまかせるようにしながら歩くことしかできなかった。が、今はスカスカした隙間《すきま》が目立つから動きやすいし歩きやすい。下手したら群衆を掻《か》き分けながら、走り抜けることだってできるかもしれない。

すると、斜陽化は進んでいるのだろう。

隣に立つ千里がぐいとケシゴムの腕を引っ張った。

彼女は背が高い。そのうえ今日はかかとの高いブーツを履いているから、ケシゴムは彼女の方に身体を傾けるような恰好になってしまった。

「去年アパートに来た子いるでしょ。お下げのキョーちゃん。あの子もよく働いてくれるの。毎朝ご飯を炊《た》いて、おひつに用意してくれて。朝ご飯なんて久しぶりに食べたわ」

その言葉に頷きながらもケシゴムは少し別のことを考えていた。

ジロジロとこちらを見ていた田舎出の怪しいお下げの女、キョーちゃん。

歳《とし》は十七と聞いている。だが年齢相応の可憐《かれん》でかわいらしいところなんて一切感じられない。それになぜか会うたび、憎たらしい目つきをこっちに向けてくる。

郷子をアパートに住まわせたのは驚いたことに、高野バーのおかみなのだという。

なぜおかみは得体の知れないガキを店に引き入れたのだろうか。千里が言うように毎朝掃除をし、ご飯を炊いたりしているのかもしれないが、それは要するにアパートの人間や高野バーの金を狙《ねら》っているからでは？　あの小娘の正体は泥棒猫ではないだろうか。

浅草寺にはスリが多い。観音《かんのん》さまに手を合わせている隙に鞄《かばん》から財布を抜かれてしまったなんて話は腐るほどあって、六区は浮浪者だってウロウロしている。

「そのキョーちゃんって、信用できる人間なんですか」

ぼそっとつぶやくと、千里が足を止めてこちらを向いた。

「どうしてそんなこと言うの？」

動揺し、ケシゴムは身を引いた。その顔に、長い帽子をかぶった影がどんとかぶるように伸びてきて、千里の顔が近いのもあって、彼は視線をずらしてしまった。

「雰囲気っていうか、後になって、ああやっぱり怪しいやつだったたっていうのは遅いような気がしますし」

「ふうん、でも六区にいる人間なんて素性が知れない人が多いから、みんな似たり寄ったりじゃないかしら」

ケシゴム自身も二年前、ふらりとこの街に流れついた素性の知れない、目的のはっきりしない人間であるのは確かだった。

自分はなんでも疑ってかかる癖がある。たぶんそれは……。

ケシゴムの腕から手を離した千里はストリップ劇場「象牙座《ぞうげざ》」の裏口に入って行く。

「おっ、千里ちゃん、今日もきれいだよ！」

六十を優に越えている大道具係の重《しげ》さんが、通りすがりに声をかけてきた。

「おはよう、今日の出勤もボディーガードつきよ」

千里は劇場の稼ぎ頭で、熱狂的なファンも多い。

だから朝晩の行き帰りは付き人としてケシゴムが送り迎えをするのが決まりになっていた。そもそも踊り子あっての「象牙座」である。彼女たちの舞台の補助も、芸人の大事な仕事の一つとなっている。

禿《は》げ頭の重さんはケシゴムを目にすると急に態度を変え、睨《にら》みつけてくる。

「ちゃんとやれよ、おい」

低い声で凄《すご》まれてしまった。

不満を感じながらも劇場一の古参と言われる重さんは怖いので、ケシゴムははいと言って、肩をすくめて通り過ぎた。「シマシマの服なんかチャラチャラ着てんじゃねぇぞ」と後ろからさらに言われて辟易《へきえき》する。

芥子混太郎、というのは師匠につけてもらった芸名だった。

六区の混沌《こんとん》とした雰囲気を取って「混太郎」。だが舞台に上がって「別名カオスです」と言えば言うほど「ケシゴム」と呼ばれるようになってしまった。カオと言いかけたあたりで「ケシゴムッ」と競ってかぶせるのが瞬間風速的に流行《はや》ったから、まあいいけれど。

ちなみにその師匠は一年前に他界してしまった。

花屋の店員に手を出したら実はヤクザの女で、最後はそのヤクザに刺されて死んだ、というのが表向きの理由である。が、実際は、好物の野沢菜を喉《のど》に詰まらせたからというのはこの界隈《かいわい》の人間ならだいたい知っている。

踊り子専用の楽屋へ向かった千里を見送って、ケシゴムは舞台の方に顔を出した。

最近入ったばかりの芸人が、古株にあれこれ言われながらあくせく働いている。

午後の舞台は一時から。

新入りは最初から最後までずっと忙しい。時間を測りながら舞台上に指示を出したり、踊り子に小道具を渡すなど、あらゆる雑用を一手にやらされる。それはつい最近までケシゴムが担当していた仕事だった。

「ちゃんとやれよ、おい」

ケシゴムは新入りの肩を叩《たた》いてやった。それから廊下を一本挟んで、ちょうど舞台の真裏にある芸人専用の楽屋に入った。

だが、かんじんの台本がまだできていない。

「今日って俺、なんの役?」

楽屋の隅で小さな机に向かっている、台本作家の近江《おおみ》真尋《まひろ》に声をかけた。

もちろん返事はない。真尋は、普段横に流している前髪を神経質そうにぐしゃぐしゃとかき混ぜながら、この劇場で過去に使ったことのある台本に、何か書きつけているようだった。壁の時計は十二時三十分を指している。

小さな窓しかない部屋は牢獄《ろうごく》に似て、薄暗い。目が悪くなるんじゃないの？

真尋の上に、紐《ひも》を結んでぶら下がっている懐中電灯のスイッチを、ケシゴムは押してやった。

他の芸人も楽屋に入って来た。けれど台本がないのだからたばこを吸ったり、みかんを食べたりしながら、全員でソワソワして待つしかない。芸人の六畳間はしんとしている。踊り子たちの楽屋からは楽しそうな笑い声が聞こえてくる。一方、芸人はサラリーマンの六割いけばいいほうだ。踊り子のひと月の収入は世のサラリーマンの三倍以上、芸人はサラリーマンの六割いけばいいほうだ。

「とりあえず全員、労働者」

開幕の二十分前、机に向かったままの真尋がてのひらを動かしながら言った。

芸人たちはあたふたと、労働者ふうの衣装を着、顔にメイクを施す。

「よし、できたできたっ、今日もよろしく！」

充血した目の真尋が、完成した台本を渡してきたのが十分前である。

ケシゴムを入れて四人の芸人は、過去の台本に、読みにくい字で真尋なりのアレンジを加えた突貫工事のようなものを、残り時間十分で頭に入れる。

「象牙座」所属の芸人はケシゴムと新入りの二人。他の二人はあらゆる劇場を転々としている四十を過ぎてもパッとしないコンビ芸人で、開き直っているせいか、厚かましくなっているのが面倒だった。

「この本、少し前にもやったな。なら俺が労働者Aで、おまえはB。それで残りの二人はCとDだ」

半《はん》ドンタクというふざけた名前のコンビ芸人のかたわれが、勝手に台詞《せりふ》の少ない役を先に選んで、自分たちコンビに当ててしまった。となると、ケシゴムと新人はCとDということになり、最も台詞が多いC役を新人にやらせるわけにもいかない。

「ちょっと待ってくださいよ」

ケシゴムが声をあげると、他の三人が動きを止める。

緊迫した空気が流れ、「あん？」と不機嫌そうな半ドンが億劫《おっくう》そうにこちらを向いた。

「なんでこっちがCとDなんですか。前から思ってたけど、話も聞かないで勝手に決めないでくださいよ。先輩なんだから、台詞は俺より入ってるはずでしょ」

気後れしながらもケシゴムは思い切って言った。

半ドンと一服《いっぷく》で「不承不承《ふしようぶしよう》」なんてふざけたコンビ名《めい》をつけやがって。だが地方回りとはいえ相手は自分より年長で芸歴も長いので、念のため言葉には気を遣う。

「何言ってんだ、おまえは俺より若いんだから頭が回るだろ。な、勇《いさむ》ちゃんよ、若いうちにここ使っとけ」

ジェームズ・ディーン気取りのリーゼントを指さしながら、半ドンは「象牙座」の新人芸人にも同意を求めるように視線を送る。

新人はケシゴムを気にしていたようだったが半ドンの圧に負けたのか、結局首を縦に振っていた。半ドンとコンビを組んでいる一服は、にこにこしながら頷いているだけ。コンビといっても上下関係があるようで、この男はいつもへりくつの多い半ドンの言うなりである。

しかしだからといって、自分が引いてばかりではいつもの流れ、

「いや、でも」

と、ケシゴムが反論しかけたとき、半ドンはそれを遮るように小太りの腹をたてつけの悪いドアにぶつけながら楽屋から出て行ってしまった。

むっとした顔で台本を頭に入れ、しばらくしてから続いたケシゴムの本名は、亀山《かめやま》勇。くそう、先輩だからって本名を教えたのが失敗だった。

舞台に上がるとすぐ照明が当たった。天井の低い、年季の入った客席は中央の道を分けて右に百、左に百、合わせて二百人入れるようになっている。

今日はそこに点々と、ぱっとしない男ばかりが十五、六人座っていた。

コントが始まるとすぐトイレに立つ者、腕組みしながらこちらを睨みつけている者、腕時計ばかり気にしている者、と好意的でない反応ばかりが目についた。全員、コントを目

当てに来ているわけではないからだろう。

一列目の端に、もじゃもじゃ頭でズダ袋をかぶったような服を着ている浮浪者が座っているのも、お約束だった。この浮浪者は、かつての古参の裏方と親しかったという理由で顔パスになっているらしいが、実際の事情は定かではない。建物の隙間から紛れ込んでいるだけという可能性もある。だが浮浪者であれなんであれ、正体不明の人物を追い出すことなく、路傍の道祖神《どうそじん》のごとくそのままにしておくというのは、いかにもこの街らしいやり方である。

三十分のコントのあと、一時間半のストリップ。それが一日三回繰り返される。

そして踊り子が出る前に客を沸かせ、場を温めるのが芸人の仕事である。

コントの台本は新作ではない。この劇場や他の場所で過去にやった「定番もの」に真尋が新しいネタを加えるという形式を今は取っていた。新鮮味はないが過去にやったものなら、それなりに受けることは約束されているし、芸人側もある程度勘を使えば融通がきく。台詞もおおかたおぼえている。

だが労働者Cの長台詞に詰まった隙を狙って、

「勇ちゃんってばもう、いい加減にしてよっ」

と半ドンがすかさず突っ込んできたので、ケシゴムはイラッとして次の台詞が遅れた。

「なに？　野沢菜が欲しいって？　おまえさんは野沢菜が欲しいのかい？」

師匠のことまでいじってきたからまた腹が立つ。

しかもやつは自分で放ったジョークに自ら声をあげて笑っていた。相方の一服がそれをまたお追従で笑っている。

その後少し台本をそれ、自分を売り込めそうな展開になったけれど、芸歴二年のケシゴムはまだ自信がないから半ドンとはいえ先輩に気を遣ってしまうクセが抜け切らない。

そんな自分に嫌気がさす。そこへ頬《ほお》を赤く塗った厚かましい面構えの半ドンが、

「あれ、お兄さん。それ、その指輪、いいのつけてるじゃないのよぅ」

と急にオカマのふりをしながら客にゴマをすり、当の「お兄さん」から温度の低い笑いを取っていた。新入りはずっとオドオドしているし、「不承不承」の一服はへらへら笑って突っ立っているだけだ。

結局台詞が多いケシゴムは、全体の進行役のようになってしまった。

半ドンが舞台上で羽目を外すたび、ケシゴムはそれをもとの流れに戻すような恰好を取る。そうして終わり際には、

「いい加減にしろ」

「バカ野郎、とっとと終わらせろっ」

「このド素人が、いつまでもダラダラやってんじゃねぇぞ!」

と、毎度同じく強いヤジが飛んできた。

ケシゴムは客の方を睨みつけながら舞台をはけた。

新入りはそんな客にペコペコ頭を下げているから情けない。内股《うちまた》歩きの半ドンは「怒らないでぇ」と手をくねくね上下させ、一服はやはりニヤニヤしているだけ。端の席のもじゃもじゃ頭の浮浪者は口を開けて居眠りしているようだった。

楽屋に戻ったケシゴムは、パイプ椅子《いす》にぐったりと座り込んで頭を抱えた。受けないと疲れる、イライラすると疲れる、何もかも悪循環だ。

「今日の客、けっこう笑ってたよな」

便所から戻った半ドンが、隣の椅子に座ってきた。

こちらを向いた半ドンの眉《まゆ》と眉は太く繋がり、口の周りはべったりと黒く塗られている。横目で見ながら、そんな冗談みたいな雑な髭《ひげ》、労働者がはやすわけねぇだろとケシゴムは胸の内で毒づいた。それにオカマになるって決めてるなら最初からオカマに寄せたメイクをしておけよ。雑な髭生やした労働者からのオカマって、なんの一貫性もないじゃないか。そう、おまえの芸はいつも行き当たりばったりなんだよ。

すると聞こえるはずもないのに、菓子を食べ始めた半ドンが頭を傾けて、こちらを見る。

「おまえはさっきからギラギラして、いったいどこを目指してんだよ。大人の条件って知ってるか？　場の空気が読めるかどうか、相手の期待に応《こた》えられるかどうかだよ。目の前に大事なお客さまがいるんだから、そのお客さまに合わせてやっていかないとダメでしょ

「うが、この勇ちゃん！」

便所で洗ったかわからない手で頭をはたかれそうになったから、ケシゴムは床に落ちたゴミを拾うふりをして席を立った。狙いを外した半ドンは椅子から転げ落ちそうになっている。

舞台の方から、大きな拍手と威勢のいいかけ声が聞こえてくる。

ファンが踊り子の芸に喝采《かっさい》を送っているのだろう。

楽屋を出たケシゴムは廊下を歩いて裏口から外に出ると、たばこを吸った。

口達者な半ドンのへりくつに腹が立っていた。けっこう笑ってただって？　あんなものは気弱そうな客をちょっといじって、無理に笑わせただけじゃないか。

ケシゴムは、客をいじるのがどうも好きではない。ストリップ目当ての客なんて適当におもねって笑わせておけばいいという姿勢もまた、気に入らない。

それなら何ができるか模索しているのだけれど、時代はすごい速さで流れ、この街をどんどん置き去りにしているようで、その流れの雰囲気にすぐ自分は飲まれてしまう。

裏口にしゃがんで、への字口にたばこをくわえたままケシゴムは思う。

この空気に従うか、抗《あらが》うか、それとも街から出たほうがいいのかな。

高校を卒業し、その後ぶらぶらしていたケシゴムが、北千束《きたせんぞく》の生家を出たのは昭和三十姉は三人、その下に自分。女ばかりの中に育ったのがケシゴムで、彼の父親はケシゴムが生まれる前から文房具店をやっていた。だがその父は、息子であるケシゴムが中学に入る前に店を閉じ、文具会社の誘いでサラリーマンに転身していた。

背広姿の父が帰って来ると、専業主婦の母やケシゴムや姉たちは三つ指ついて父を丁重に迎えなければならない。チヤホヤしないと父はすぐ機嫌が悪くなる。

夕飯は父より先に食べるのは許されないし、好物のおかずを最低二品は用意しないといけない。風呂《ふろ》はもちろん父が一番風呂など、父を中心とした規則が多い家だった。

小さい頃のケシゴムは父親にかわいがられた記憶もある。

だが自我が芽生えはじめた三歳くらいから、急に父は自分に癇癪《かんしゃく》を向けるようになった。

中学に入ると、いきなり黙って背中や尻《しり》に蹴《け》りを入れてくることさえあった。

痛い！　と感じて振り返ると、廊下を曲がっていく父の不機嫌そうな背中が見える。

父なりに癇癪の理由はあるらしい。

だがなぜ機嫌が悪くなったのか、言葉にしない。黙り込んで不機嫌な態度を向けてくるばかりだから、こっちは意味がわからない。

「僕が、何かしましたか」

ある日勇気を出してたずねてみた。

五年の春だった。

すると新聞を読んでいた父の顔がこちらを向いて、目の色がぎらりと変わった。

あ、しまった。この家では質問すること自体、父の怒りの引き金になるのだとケシゴムが気づいたときには遅かった。そのあとは「子供のくせに何を考えている」「いい加減にしろっ」と怒鳴りつけてくる始末で何もかもが一方通行、黙って察しろというお山の大将なので会話にならない。

友人に聞くと、父親なんてどこの家でもそんなもんだと返ってくるばかり。

でもうちは特にひどいような気がする。

そもそも父自身、どうして安息の地であるはずの我が家で自分が怒り狂っているのか、その理由を理解していないような印象さえ受ける。

ただわかったことは二つある。怒りの沸点がわからない人間は不気味。

そして父は家の女たちにイライラしたとき、なぜかその矛先を息子に向ける。

理不尽だと感じながらも、いつ父の地雷を踏むかわからない。そもそも何が地雷なのか不明という環境で過ごすのは精神に悪い。だから中学、高校とケシゴムはなるべく家で父と顔を合わせないように気を遣いながら、窮屈な学生時代を過ごした。

だが高校を出て一年が経《た》つ頃、風呂に入っていると、いきなり父が扉を開けて、わあわあと急に説教を始めたことがあった。

湯に浸《つ》かりながら父の怒りの向こうにあるものに、じっと意識を注いでみても、やはり何がなんだかわからない。早く家を出て行けとか、ちゃんと仕事につけといった内容はあるようだ。確かに一年も、適当な仕事ばかりして定職につかなかったのは俺が悪い。でもどうしてこっちが裸で身動きが取れないときに言う必要があるのだろう。

やはり理不尽で、自分が怒られているわけではないような気がしてくる。

つまり父は目の前の俺さえ見えていないような。ひょっとして何か脳の病気では？

イライラしたケシゴムは濡《ぬ》れた身体のまま父を押しのけるようにして風呂から出た。するとさらに前をふさぐように父が回り込んで来たので、ついそのまま勢いで手を出してしまった。

と、自分よりずっと強いと思っていた父が、ふすまごと後ろに倒れ込んでいったから驚いた。

ふすまと一体化した父は、母や姉たちが座っていた和室のちゃぶ台に身体ごと突っ込んでいき、女たちの悲鳴と茶碗《ちゃわん》の割れる音が続け様に鳴り響いた。

その後は、こちらを責め立てる女たちの大合唱だった。

お父さんに何をするの！　一家の主《あるじ》なんですよ！　勇っ、早く謝りなさい！　パンツも穿《は》きなさい！

鼻血を流しながらも、女たちの声援を受けて立ち上がった父は肌着にももひき姿で、息子に向かって力道山《りきどうざん》よろしく奇妙なファイティングポーズを構えている。

滑稽《こっけい》だった。

何もかもばからしくなってしまった。

素っ裸のケシゴムは彼らに背を向け、服を着ると、鞄に荷物をまとめてそのまま北千束の家を出た。

どうしてこの家の人間は最後に全部俺が悪い流れに話を持っていくんだ。店がなくなって男が二人いらないなら、はっきり言ってくれたらいいのに。会社ではうまくやれるくせに、家で会話にならないのは、父が俺と会話をする気がないからだ。対等な視点を持とうと努める者同士でしか会話なんて成り立つわけがない。

はあ、とケシゴムは暗いため息をついた。

この先父のような輩《やから》が「雷親父《かみなりおやじ》」なんて称号を与えられ、のさばっていくのか。なに言ってやがんだ。まさか自分をお天道様の使いだなんて思っているんだろうか。嘘《うそ》くさい雷を落とされる側の立場にもなってみろ。チヤホヤされたいのは、癒《い》やされたいからだ。見た目は親爺《おやじ》でも自分の甘えを癇癪で通そうとする人間なんて、やってることは二歳児と同じだろ。

ケシゴムはその後、ひとまず上野駅に行って、安宿に泊まりながら日雇いの仕事を始めた。

その頃は今と同じように、東京や周辺の街は四年後のオリンピックめがけて大改造されている最中だった。海外からの視線を意識しているせいか、工事現場やビル解体など選ばなければ仕事はいくらでもあった。

ただ最初のうちは身体の馴《な》れない部分を酷使したせいか、筋肉痛がひどかった。それに手の溝や爪の中に真っ黒な油が入り込むと、いくら洗っても取れない。

だが力仕事のおかげで身体が少し大きくなった。それに肉体労働をしている男たちの中に雑な髭を生やしている者など一人もいないと知って学んだのはこの時期だ。金のチェーンを首に巻いたり、髭を小さなはさみで整えていたり、洒落《しゃれ》た白蛇の入れ墨を入れていたり。

怖いながらもたずねると、家の近くの弁財天《べんざいてん》の使いだからと彼なりの由縁《ゆえん》あるお洒落のようだ。そんな仕事仲間たちが「旨《うま》いよ」と勧める店は闇市《やみいち》の頃から続く場末の焼き肉屋ばかり。でも確かにどこも安くて旨かった。幼児がえりが得意な父親にビクビクしているより、自分で働いた金で焼き肉を食ってるほうがずっと幸せだ。

ある日、ケシゴムは安宿の廊下で一人の青年に声をかけられた。

二十代後半くらいの、ひょろっとした気弱そうな男だった。

「こんなボロい宿出てさ、いっしょに住むってのはどう？　二人なら家賃は半額だよ」

硬い畳の上で半年も他人とザコ寝しているような状態だったから、疲れが出始めていたのは事実だった。五、六人のザコ寝が二人になるなら、確かにくつろげそうだ。目の前の男より今は自分のほうが筋肉だってついている。

「うん、いいよ」

梶沼《かじぬま》と名乗った男は意外だったのか、「ほんとに？」と人がよさそうな笑いを浮かべていた。

梶沼が見つけた部屋は上野から少し離れた木造アパートの一室で、北向きだった。

だが日中自分は部屋にいないから構わない。場所は浅草松葉町《まつばちょう》。

浅草――という地名を目にして、ケシゴムは運命だろうかと不思議に思った。

そして松葉町で梶沼と暮らすようになったのをきっかけに、休みの日は浅草の映画館に通うようになった。

目的は喜劇俳優の高勢《たかせ》実乗《みのる》が出ている、戦前の映画を観るためである。

あーのねのおっさん、わしゃかなわんわぁ。

と意味不明の言葉を発する高勢は、画面に出てくるだけで笑える。何かおもしろいことをやってくれるんじゃないかと観ている者の期待を煽《あお》る。それにおじさんではなく「おっさん」としかたとえようのないとぼけた風貌《ふうぼう》と立ち姿には、妙に力《ちから》の抜けた、異様な存在感がある。そのせいか戦時中、高勢の芸風は不謹慎だと軍部からだいぶ非難されたらしい。

ケシゴムはそんな彼の雰囲気が小さい頃から好きだった。

映画を観た帰りは都電に乗らず、ふわふわした残像を自分の中で味わうようにアパートまであえてゆっくり歩いて帰った。

そんな途中で偶然、梶沼を見かけたのだ。

暗がりで男と腕を組みながら歩いている。

人通りの多い場所に出ると手を離し、暗い場所に入っていくと、すっと手を伸ばしてまた腕をからめる。

やっぱりオカマだったか……。

ケシゴムは電柱の陰から盗み見しながら思った。

上野界隈はその手の人間が多いとは聞いていた。それでも筋肉の薄い梶沼が、夕方から翌日の明け方にかけて留守にしても、いったいなんの仕事をしているのか、ケシゴムはあえて興味を持たないようにしていたのだ。それを気遣いと取ったのか梶沼はかなりの頻度でケシゴムに朝食を準備してくれるようになっていて、正直助かっていた。日中の不在時は、一枚も二枚も変わらないからと、こちらの布団も干してくれた。やつは銭湯に行くとき手作りのぬか袋まで持たせてくれたのだ。

オカマは情に厚いと聞いていたが、その通りなのだろう。

しかし騙《だま》されていたようで気分が悪い。

このままいっしょに暮らすのも気味が悪い。

そうだ、今の現場仕事の契約がもうすぐ終わる。最後はあいつの金を盗んで部屋から消えてやろうかと思いついた。夜の仕事をしているなら、稼ぎは俺よりあるに違いない。

そして計画実行の日、

「行ってきます」

と振り返って梶沼に声をかける際、ケシゴムは緊張で声が少し上《うわ》ずってしまった。

だが梶沼は、「いってらっしゃぁい」と呑気《のんき》な声をあげて手を振っている。

やつは天井裏に、金や貴金属が入った小箱を隠している。

それを明日の朝あいつが帰ってくるまでにかっさらって、遠くへ逃げてやろう。

不安と期待で身震いしながら歩いていると、「待ってぇ」という声とともに、ペタペタとサンダルの音が追ってくる。

「これ、さっき作ったばっかりだから、持っていって」

昼休み、梶沼に渡された手ぬぐいの結び目をほどくと、大きなコッペパンが三つ入っていた。

中に挟まっていたのはポテトサラダと、ふちがオレンジ色になっているハムである。特にポテトサラダは多めのマヨネーズであえてあり、サクサクした玉ねぎと胡椒《こしょう》がたまにピリッとした刺激になって、かなり旨い代物だった。

盗みのスリルを想像し昂《たか》ぶっていたのもわずかの間、二つ食べ終え、最後のパンにぽつんと視線を落としたケシゴムは、やっぱりやめようかなと思い始めていた。

うん、そうだ。泥棒なんて俺には向いてない。

と思いながら晩に帰って来たケシゴムが、アパートのドアを開けると何もない。

そう、すでにもぬけの殻だった。

二人分の布団も服も、ちゃぶ台も、買ったばかりだった自分のラジオにカーテンさえもなくなって、窓はむき出しの状態だった。

ああっ、まさかと慌てて畳を外したら、隠していた自分の金も全部消えていた。

ケシゴムはまた一つ学んだ。

オカマだからって別に情に厚いわけではない。オカマもいろいろいるらしい。

それにしても騙そうなんて思っていたから返り討ちにあったのだろうか。いや、もともと相手はそういう人間だったのだ。見抜けなかったのは完全に自分の落ち度である。

しかし生家を出るとき持ってきた鞄がなくなっていたのは痛かった。

鞄には、高勢実乗のレコードを入れていた。「あのねのさぁ、わしゃあさぁ、あのぉわしゃあねぇ」と、人を小バカにしたような語りが延々と流れる奇っ怪なレコードだった。

だけどそれが疲れているときに聞くと、見えない淀《よど》んだ部分にジワジワ効いて、最後はからっとした気分になり、あれこれ真面目《まじめ》に考えるのがばからしくなってくる。

だから気に入っていたのだ。

その晩と翌日の晩、真冬なのにカーテンもない寒々しい畳だけの部屋でケシゴムは、同じ服を着たまま身を縮め、消沈の夜を過ごした。

人に裏切られる経験は体力を消耗するものだ。オカマだなんだと見下していた自分のほうこそ舐《な》められていたのだ。それに大事なレコード……。

ああ、ひどいよ梶沼さんと洟らし涙を拭《ぬぐ》い、ケシゴムは人間不信に陥りながらも最後の現場仕事をなんとかやり終えた。そして事件から三日目の朝、アパートを出て浅草を目指した。

同居は三カ月半ほどだったが、さすがに最後の出来事の衝撃は強く、まだ若い彼の気力と体力はあっという間に奪われてしまった。

青白いうつろな顔に、ふらふらした足取り。

げっそりした状態で偶然見つけたのが「象牙座」の壁面に貼《は》られたポスターだった。

芸人さん募集中（住み込みＯＫ）、カワイイ踊り子さんのお世話もできちゃうヨ！

と、舐めた文言が書かれていた。

けれど住み込みというのは悪くない。芸人という言葉にも惹《ひ》かれる。だからといって自分が高勢実乗になれるかも、なんて浮かれたことは思わない。世に同じ芸人は二人もいらないはずだ。

チケット売り場のおばさん、通称テケツのおばさんにたずねると、裏に行けと言われた。まったく無愛想な女だった。求人目当ての人間が多いのだろうか。

裏口の方へ回ると支配人らしき男がたばこを吸っていた。しゃもじのような顔にめがねをかけ、法被の襟には「象牙座」「伝統的ストリップ」と書かれている。

「えっ、芸人になりたいって？　もの好きだね」

妙なことを言う支配人はジロジロ見ながら、若いから体力はありそうだなとつぶやいた。

「きょうだいは何人いる？」

「四人きょうだいのいちばん下です」

「じゃあ、女に甘えたいタイプか」

なに勝手に決めつけてんだ。

疲労で気が短くなっていたケシゴムはイラッとして首を傾《かし》げ、目の前のしゃもじ男がこれ以上くだらない質問をしたら帰ろうと決めた。

「きょうだいの性別はどんな振り分けなの？」

「上から女、女、女。僕だけ男です」

「全員女か！　そりゃいいな」

支配人は目を見開くと、たばこを踏んで火を消して、ついて来いという雰囲気で歩き出した。

けれど辿《たど》り着いた裏口の周辺は、サーカスのテントのごとく薄い布で囲まれていた。その一端をめくった支配人が「今日は暖かいからな」と言って振り返り、視線をよこしたのでケシゴムは彼に続いて中に入る。

と、一瞬、視界が白く染まった。

「新しい芸人希望、面倒見てやって」

はぁーいと返事をしたのは、白いベールの向こうから現れた五人の女たち。

それぞれ足が露出するくつろいだ服を着て、七輪を囲むように立ちながら何か準備をしている。

「よろしくお願いします」

わけもわからず頭を下げたケシゴムの顔にまた、煙が当たった。炭火を起こしている最中なのだろう。

「これ並べて」

建物の中からビールケースを運んで来たのが千里だった。

派手な顔つきではなく、背は六人の中でいちばん高い。この日は頭上で髪を団子状にまとめていたから、ケシゴムはさらに大きい印象を受けた。

言われた通りケシゴムがビールケースを七輪の周りに並べると、中の炭を扇《あお》いでいた女たちがそこへ座る。

「姉さんが三人いるんだってよ」

支配人が立ったまま言った。へえ、と洩らした女たちの視線がこちらに集中する。

女きょうだいが多いとはいえ、目前の女たちはケシゴムに、姉とはまったく違う生きもののように映って見えた。白い肌に、健康的に焼けた肌、長い髪。つけ睫毛《まつげ》や化粧もピシッと決まって、そのへんを歩いている女性に比べると全体的に垢抜《あかぬ》けている。短いスカートから突き出している足も、太股《ふともも》から柔らかな曲線を描いて最後は足頸《あしくび》できゅっと締まっていた。

「新人、座ったら」

千里が隣の空いたケースを叩いていた。

ペコペコ頭を下げながらケシゴムは輪に加わる。

「今日は大事なお食事会なのよ」

一人の女が言ったのを皮切りに、「何か食べた?」「どっから来たの?」「なんで他じゃなくってうちに来たの?」と、女たちが顔を並べて聞いてくる。

緊張していたケシゴムだったが、十分ほど話しているうちに、女たちの化粧の向こう側が見えてきた。ノーズシャドーをきかせた丸い鼻、たっぷりと輪郭を縁取《ふちど》った薄いくちびる、消しかけの顔のシミ、ブラウスの裾《すそ》からチラリと覗《のぞ》くのは帝王切開の縫い目だろうか。

「なに?　私に惚《ほ》れちゃった?」

一人の女に聞かれた。

いや、あの、と困ってケシゴムが目をそらすと、誰《だれ》かがその女に手鏡を渡す。

「やだーっ、鼻毛が飛び出ちゃってるじゃない」

と大騒ぎ。他の女たちも大きな声で笑って気性の明るさを感じさせる。

ストリップもまた肉体労働。頭ばかり使うわけではないから、陰湿さよりスカッとした方へ人間性が傾くのだろうか。

そんな彼女たちを前にし、ケシゴムは肩の力が抜け、自分を繕う気をなくしてしまった。

そもそも仕事で関《かか》わる相手に女を求めても仕方がない。気づくと生家を出てからのあれこれをざっと話していた。

「そりゃひどいオカマだね！　布団まで持ってくなんてさ」

「しみったれたシスターボーイもいるもんだ」

「そんなの三流だよ。麗しの丸山明宏《まるやまあきひろ》さまといっしょにしないでちょーだい」

「おっさんのレコード盗《と》られちゃったのは、悔しかったね」

「その男の職場、どこだかわからないの？」

はい、とケシゴムは少しうつむきながら言った。

梶沼が勤めていた店は突き止めた。だが、すでに辞めたあとだった。

「あんたも苦労したね。まあ芸人になりたいんだったらなんでも経験だ。いい勉強したなって思える日が、いつか来るよ」

千里の言葉に、他の女たちも頷いている。

「それよりお腹減《なか》ってない？」

足を組んでいた女に聞かれ、ケシゴムは梶沼に騙されたショックでしばらくまともな食事を摂《と》っていなかった、と急に思い出した。

「貧すりゃ鈍するっていうかさ、自分を責めるのはよくないよ。さ、まずは飯だ」

メシメシと他の女たちが嬉《うれ》しそうに腕を振って復唱し、千里がさらに言う。

「マキちゃん、この子にもよそってあげて！」

さっきは小柄に見えたマキちゃんが立て膝《ひざ》を崩すと、後ろのビールケースに置いてあったおひつから、次々と茶碗にご飯をよそって隣の女に渡し始めた。手から手に、箸《はし》や醤油《しょうゆ》瓶《びん》や小皿とともに茶碗も回って来る。ケシゴムは、他の女たちと同じようにビールケースの腰をずらし、空いた場所にそれらを置いた。その一方で千里は、缶から大きな海苔《のり》を一枚取り出し、裏表を七輪であぶり始めた。

といっても、ひらりひらりの一瞬である。

真っ黒な海苔が熱を受け、ほんのりと青緑色に変わるとき海の香りが漂ってくる。

引き上げたものをすばやく千里が一口大に折って、テーブル代わりのビールケースに載った皿に置くと、腰を伸ばした女たちがいっせいに箸を突き出して醤油に浸し、ご飯にのっけて食べていた。

「早く食べれば」

マキちゃんからうながされ、ケシゴムも一枚頂戴《ちょうだい》した。

厚味があって色の濃い海苔だった。けれどあぶって、パリッとなっている。それを醬油につけ、熱々のご飯を巻いて食べると、こうばしさとともに磯《いそ》の風味がぷぅんと鼻先まで伝わってきた。そうしてご飯の甘みとともに嚙《か》みしめているうち、不思議と海苔は口の中で気配を消している。

海苔巻きご飯って、こんなに旨かったっけ？　いや、海苔が旨いのか。

初めて体験する境地に驚きながらも、ケシゴムはガツガツと夢中で食べた。

「もう少しで食べおさめ、よく味わっておくんだね」

手を動かしていた千里の言葉に、他の女たちがきょとんとする。

「どういうこと？」

「大森《おおもり》と品川《しながわ》の海がもうすぐ埋め立てられるって、言われてる。そうなったら海苔の養殖はみんな廃業するしかない」

「千里ちゃんち、海苔屋だろ。どうするの？」

「店だけでやっていくしかないだろうね」

えーっ、と声があがった。

「養殖のアサクサノリって東京で今採れるのは、大森とか品川だけなんでしょ？　どうしてそうなっちゃうの？」

「海苔なんかより、お上《かみ》は地面増やしていろいろ作りたいんだってさ。今だって養殖してるそばに、でっかいガスタンクが建ってるよ」

「バカじゃないか、あっちこっち埋めちゃってさ。一回やったら水なんて、なかなか戻らないのに」

いちばん軽そうな印象のマキが言ったのが、ケシゴムには意外に感じられた。

地方出のマキは漁師の娘らしい。そして千里の生家は大森で、海苔の養殖と乾物屋をやっているのだという。

「家出話は何度聞いてもおもしろい。コッペパンにポテトサラダなんて、実に情を誘うじゃないですか」

ククと笑いながら、真尋は酒で赤くなった目もとを手で押さえている。

ケシゴムもおちょこの酒を飲み、ぬか漬けを海苔でくるむと口に放《ほう》り込んだ。

けれど二年前に食べたものと全然違う。歯触りが弱いし、何より香りがまったくない。

結局大森と品川の海は埋め立てが決まり、今年の春、千里の生家を含めた三百年続いていた大森の海苔養殖の歴史は、オリンピック前に途絶えることとなった。

「象牙座」の顔ぶれもまた、二年経って変わっていた。

踊り子六人のうち三人は今も現役だが、マキともう一人はすでに引退。一人は女優になりたいと言っていたがその後姿を見ない。ケシゴムと同い年だったマキは家庭に入ったのち、大量の飲酒で身体を壊し、元漁師だという地方の生家に帰ったらしい。

つい先日まで顔を見ていた人がいなくなり、街も時代も、あっという間に変化していく。ひさご通りを少しそれた先に建つ小さな居酒屋のカウンターに、ケシゴムと真尋の二人は並んで座っていた。

「それでこの先、どうするの？」

いつまでここにいる気なんですか。

先日、この街を軽んじるような調子で聞かれたから、今日はケシゴムから聞いてやった。ここというのは「象牙座」、それとも六区のことだろうか。真尋のほうこそ何かあてでもあるんだろうか。

しかし、「さて、どうしようかな」と言って彼は隣で呑気そうに笑っている。

旧帝大に入ったものの、新劇の活動に夢中になって大学は一年もしないでやめてしまった。そんな過去を持つ真尋が「象牙座」に来たのは一年前である。

脳梗塞《のうこうそく》の影響で右半身を動かせなくなった専属作家の代理として、急遽《きゅうきょ》ピンチヒッターで入ったのが真尋だった。

中退だが秀才。前の劇団でも脚本をやっていて、何より若い。だから急に倒れるなんてないだろう、と杖《つえ》をついた専属作家が冗談まじりに紹介していたくらいだから、実際は急遠どころか本決まりだったのかもしれない。

だが大学も劇団も中途半端なやつに、コメディなんて書けるのだろうか。

ケシゴムはそう思ったが、よくよく考えれば自分も似たようなものだった。

この先舞台作家としてやっていきたいのなら、どんな紹介だって、彼にとってはチャンスに違いない。とにかくゼロに点を打つのが台本であって、なければ話にならない。

こっちは台本さえあれば、いいのだ。本音を言ってしまえば、踊り子の前座である芸人は今、さほど期待されていない。だからといって気を抜くという意味ではないけれど、台本さえあれば、そのオチめがけて芸人はいくらでも融通をきかせることができる。むしろ融通こそが芸なのだと、ケシゴムは思っているところがあった。

真尋は時間ギリギリの仕上がりながらも、何とか本番までには仕上げてくる。

博識でインテリな彼は、あらゆる本や台本をよく知っている。だから過去に「象牙座」や他の劇場で演じられた台本に、どこかの本や雑誌から仕入れてきたおもしろそうな部分や最新の情報をくっつけて、強引に「今ふう」にまとめてしまう。それがひとまず彼のやり方のようだった。

真尋はケシゴムより一つ若い、二十一。

彼は自分と違って、重さんのような古参とも「有名な舞台関係者」の話題を使ってうまくやっている。それに若い踊り子たちに人気があるようだ。前髪を横に流した「おぼっちゃんふう」の容貌《ようぼう》や、黒目がちな瞳《ひとみ》が、学歴に引け目がある女たちの何かを刺激するらしい。

が、ケシゴムは少し違う印象を受けていた。

真っ黒な瞳は子鹿《こじか》のようでもあるけれど、どこか目が死んでいるような感じもする。

真尋の父親は、地方で名を成す同族企業の経営者。大学をやめた理由は学業よりも新劇の活動に夢中になって、親の逆鱗《げきりん》に触れたから。では新劇はどうしたのかというと、主宰者の妻と不倫の関係になったのがバレて追い出されてしまったのだと、あとから聞いてケシゴムは驚いた。

行き当たりばったりというか、ずいぶん危ない橋を渡るんだな。よっぽど年上の女が好きなんだろうか。

けれど一年経っても彼はそんなそぶりを見せない。

若い踊り子に、キャッキャと囲まれているときはまんざらでもない顔をしているくせに、彼女たちを見返す目は、どこか醒《さ》めている。

「千里さんの舞台、今日もすごかったですね」

「まあ、うん」

興味がないふうを装いながらも、ケシゴムは舞台袖《そで》からちゃんと見ていた。

花形の千里は舞台のおおとりだった。

ピンク色の光を浴びながら、薄い布を幾重《いくえ》もまとった千里が両手を広げて現れると、音楽に合わせてさまざまな表情を見せながらジリジリと一枚ずつはいでいき……というのが主な筋。

しかし今日も千里は美しかった。といっても静止画のような美しさではない。観ている者の中にジワジワと温かいものが満ちあふれてくるような、こちらの心をつかんでゆさぶってくる不思議な美しさである。挑発的に腰を動かすグラインドだって、風雅な趣の千里がやるからこそエロチシズムが際立つというものだ。

「他の踊り子は盆踊りかなって思うときもあるけど、千里さんは確かに違う。なんだろうな、あのすごさ。うまく言葉にできませんけど」

真尋も、千里の実力だけは認めているようだ。

「他の踊り子だってすごいもんだよ。六区は今、ストリップの集客でもってるんだから、最大の功労者は踊り子さんだよ」

真尋の雑な指摘に反感を抱いたケシゴムが、勘違いするなよという意味で訂正を入れた。けれども真尋は軽い調子で肩をすくめている。

そもそも芸術性にこだわる六区のストリップは安易に恥部を見せる地方の「もどき」と、根本的に違うものだ。それに目の肥えた客が多いこの界隈で、盆踊りレベルの芸なんて通用するわけがない。ストリップもいろいろである。

そんな中、千里の舞台がピカイチなのは確かだった。

普段はちょっときれいな普通の女という印象なのに、舞台に上がると別人のようになるから驚いてしまう。「神がかる」とはこのことかと、ケシゴムは千里の舞台に教えてもらったようなものだった。

ショウの終わりには下心などすっかり吹き飛んで、感動の嵐《あらし》である。

目頭が熱くなって胸がジンとして、確かに拍手だってしたくなる。ああ、いいものを観た、涙を忘れていた俺は今日まで死んでいたのかもしれない。よし、明日からがんばろう！　なんてけなげな気持ちにさせてくれる。

実は、浅草に来るまでケシゴムもストリップを軽く見ていたところがあった。

だが千里が演じる三十分間のドラマを観て、価値観が変わった。

全身を使ってあらゆる表現力を駆使し、最後は客の心を洗って清める。

それが本物のストリップなのだ。

かつて松竹歌劇団《しょうちくかげきだん》に所属していた千里は、ダンスを続けたい一心で十年ほど前踊り子に転身し、以降はずっと「象牙座」の舞台に立ち続けているのだという。

からっとした努力家という印象は、二年前に会ったときと変わらない。どんな場所にいても時間が許す限り彼女は、身体の可動域を広げるような運動や、舞台の一場面の練習をやっている。ストリップや踊り子にまつわる軽薄なイメージと違って、彼女の周りには変な男の影もほとんどない。

するとケシゴムはなぜか生家の母や姉たちを思い出す。みんな家の中の権力関係に敏感だった。ケシゴムにおもねってきたかと思ったら、急に父の味方についてケシゴムをいじめる側に回ったりして、落ち着きがない。社会的に立場が弱い女は、立場の強いものを裏から操作することで、かりそめの強さを得ようとするのだろうか。要するに不安定な生きものなのだろうとケシゴムは思っていた。

だが千里は裏表があまりない。プロ意識が高い彼女は舞台の仕事に専心しているから、他人に変な操作をこらす必要がないのかもしれない。

するとケシゴムはまた学んだ。女もいろいろ、である。

「おやじさん、最近どう？」

ケシゴムが聞くと真尋は、ははは っと笑って背をそらした。その勢いが強すぎて、危うく椅子から転げ落ちそうになっている。慌てて伸ばしたケシゴムの手を頼りに這《は》い上がってきた彼は、いや失敬と言いながら椅子に座り直した。

「父は世の経済の発展に伴って、ますます事業に精を出しているようです。数年以内には各地に大きな工場を作って、数百人規模の人間を抱える予定だそうですよ」

「すごいな」

想像もできない規模の話なので、ケシゴムはそう言うしかない。

「ええ、戦時中は工場を本格的に稼働させて、あの大日本帝国に多大な貢献をした男の中の男ですから、今もやってることはいっしょです。しかしあんな恥をさらしながら、よくまだ汚い金を稼いでいられるもんだ。実にご立派なもんですよっ」

また大声で笑うと、その後力尽きたようにカウンターに突っ伏してしまった。

しばらく黙ったままだった。はて、寝ているんだろうかと横から覗くと、目はちゃんと開いている。

けれど死んでいるような目で虚空を見据えているから、ケシゴムは不安をおぼえた。やっぱりコメディを書くタイプではない気もするけど……。

戦時中の家族の様子は、ケシゴムも似たようなものだった。

父親の、戦後にかけての鮮やかなてのひら返しも、よくおぼえている。だから真尋が抱く、上の世代や世間に対する強い反感もわからなくはない。

しかし早く生まれていれば、自分だって何をしていたかわからない。

いずれにしても過去は変わらない。親や他人に期待をしても、仕方がない。

だが真尋は酒を飲むと必ず父親への恨みごとを口にする。

父親を強く非難するわりには、だから自分はこうしたいんだという像が見えてこない。

一年いっしょにやってきて、台本の仕事も、どこまで本気なのかという印象を受ける。

金があって顔もいい。それに勉強もできて器用だから、必死にならなくてもなんとかなるってことか。

いや、ただの俺の僻《ひが》みかな。

居酒屋の外に出ると、ひさご通りのアーケードに入る前に月が見えた。

軒下にちょうちんをいくつも下げた牛鍋屋《ぎゅうなべや》の前を通り過ぎたところで、

「どうして芸人になろうと思ったんですか」

と、足取りのおぼつかない真尋が振り返りざまに聞いた。

ケシゴムの中にまた、盗まれてしまったレコードの絵が浮かび上がる。


敗戦まで少し、だが国は勝ち続けていると多くの人が信じていた頃。

北千束の家では生活の灯《あか》りが外に漏れないよう、雨戸を閉め、電球には大きな笠《かさ》をつけていた。そんな陰気な家に、ある晩怪しい男が訪ねて来たことがあった。

男は大きなリュックを背負って、薄汚れた軍装姿だった。そして自分はあなたの母親のいとこの親戚《しんせき》筋の者だから、しばらく泊めてくれないかと頼んできたらしい。戦地から帰還したものの家がなくなって、とても困っている。

その晩は雨が降っていた。男は軍服の右の袖を前にだらんと垂れ下がるようにしていて、手が見えない袖口からしきりにしずくを落としている。

母や姉たちは気味が悪いと言っていた。だが父は、離れでいいならしばらく住んでもらって構わないと承諾してしまった。かつて自分の母親に頭が上がらなかった父は、妻や娘たちに言い訳するように、男の名乗った正一《しょういち》という名におぼえがあると言っていた。

しかし大正生まれにそんな名前は腐るほどいる。身内に対して横暴な父は家の外では真逆の「ものわかりのいい男」という一面を持っていたから、母親の名を急に出され、いい顔をしたかったのかもしれない。徴兵検査に落ちて国のために協力できなかった負い目もあったからだろうか。離れの小さな蔵《くら》に、自ら案内するように男を連れて行った。

大切なものはたいてい売り払っていたから、蔵の中はがらんとして、確かに住めないことはないだろう。それから男はそこで暮らすようになった。

男が出かけていく姿は、たまに見た。だが肝が据わっているのか死を受け入れているのか、空襲警報が鳴り響いても決して逃げたりはせず、蔵に入ってからはほとんどの時間をそこで過ごしているようだった。

父に断って、たまに井戸の前で水浴びをしていたようだったが、風呂なんてほとんど入っていなかっただろう。けれど土壁は消臭効果もある。

お国のために戦って、利き腕を失い帰って来てしまった。

そんな男の沈鬱《ちんうつ》そうな雰囲気に、父は何か幻想を抱いているようだった。男もまた、父の期待を壊さないようにと気遣っているのか、たまに涙をにじませながら、謙虚な態度を取り続けていた。

ある晩の深夜、ケシゴム少年は尿意《にょうい》をもよおし便所に起きた。

ぼんやりした頭で小便器に向かっていると、どこからか念仏のようなものが聞こえてくる。はて、と外づけの便所の塀から顔を出したが見えるのは小さな土蔵だけだ。

実は寝ているときもたまに聞こえてきたことがあったので、少年は少し前から気づいていた現象だった。それにしても他の家族は聞こえないのか平気で眠りこけている。大人と少年では内耳のつくりが違うからだろうか。

用を足したケシゴムはぼんやりした頭のまま、かすかな音をたよりに歩いて行って、それからぴっちりと閉まっていた蔵の扉をわけもわからず開けてしまった。

蔵の中では、正一が床に肘《ひじ》をついて、こちらに背を向けて横たわっていた。

その奥には、どこから盗んできたのかわからないネジ式の蓄音機――。

身体をひねって振り返った正一は眉をしかめ、ケシゴムが初めて見るような恐ろしい顔を蠟燭《ろうそく》の薄明かりの中に浮かべていた。

舌打ちし、立ち上がるとこちらに向かって歩いて来る。

両足を地面に釘《くぎ》で打ちつけられたかと思うほど、その場から動けなくなってしまったケシゴムがのけぞって震えていると、その上に大きく長い影がにゅうっと伸びていって、悲鳴をあげる直前で、口を塞《ふさ》がれた。

「黙っとけよ」

いつの間にか背後に回り込んでいた正一は、耳もとで脅しをかけてきた。ケシゴムは空にしたばっかりの膀胱《ぼうこう》に尿意を感じたほど怖かった。口を塞いでいるのが右手だと気づきながらも、必死に何度も頷いた。

けれどその事件が、たまに蔵を訪ねるきっかけになった。

少年に気づかれた日以降は警戒したのか、蔵はすぐ開けられないようになっていた。

だが深夜、ケシゴムが蔵の小窓に石を当てると、扉が細く開いて、いつものレコードが回っている。

あのねぇのさぁ、わしゃあさぁ、あのねのねぇのぉねぇさんなんでさぁ、そぉれでさぁ……。

奇妙な抑揚と節回しは念仏のようでもあり、まじないの文句のようでもあり、聞いているだけで眠くなってくる。

今自分がどこにいて、何をしているのか。そんな情報さえ「なんでさぁ〜どうしてさぁ〜」という身体が勝手におぼえたリズムとともに、頭の中から抜けていくような気がする。

それにしても大人は皆、父のように四角四面で融通がきかない者ばかりだとケシゴムは思っていたから、気味の悪い喋《しゃべ》りをする大人もいるもんだ、でも不謹慎じゃないかと衝撃を受けた。

だけどこれが、何度も聞いているうち癖になってくる。

ケシゴム少年を縛りつけていた四角四面で融通のきかないあれこれがふわっとどこかへ飛んでいくと、そのあと心は船に乗っているようで、気持ちがいい。ぷっと何かが込みあげてきて、手足を広げ、全身の筋肉がゆるんだところで初めて気づく。

笑う心地よさなんてすっかり忘れていた。

だが戦況の厳しい有事にこんなものを聞いていると知られたら、父に蹴り殺されるに違いない。でもそのスリルがまた、たまらない。世の中ドンパチやっているのに自分は隠れてふざけたものを聞いている。

「ふひひ」

膝を抱くように座っていたケシゴムがたまらず声を出すと、横たわりながらこちらを見上げた正一にはやはり、右腕がある。

「おもしろいか」

口に両手を当てながら、うんうんとケシゴムが頷くと、

「こんなもんでも聞いてねぇと、やってられねぇよなぁ」

と正一は吐き出すように言って、ごろりと腕枕《うでまくら》で仰向《あおむ》けになった。

「おじさんは嘘《うそ》つきなの？　本当は、帰還した傷痍《しょうい》軍人じゃないの？」

「傷痍軍人さ。でも病んだのはこっち」

もっさりと髪が伸びた頭を、トントンと指先で叩く。

「だけど、ここをやらかすのは立派じゃないんだってさ」

それから北千束町《ちょう》はたびたび空襲にやられた。

焼夷弾が落ちて、家や木が燃えさかると、それ以上広がらないようにとケシゴムも周囲の人たちと協力し、水の入ったバケツを手渡しにした記憶がある。だがそんな消火作業などあざ笑うように火は燃え広がり、逆にけが人が増えたくらいだった。

いつ燃えるか、今度燃えているのはうちの方じゃないか。

とケシゴムが子供ながらにヒヤヒヤしていた北千束の家は、結局焼けずに残った。急な爆撃音さえもレコードを聴くためのごまかしにしていた正一は、一度も避難しないまま蔵とともに生き延びた。

彼を生かしたのはたぶん、お上に対する盲信ではない。

あのねのおっさんである。

だが神経症は目に見えないから立派な負傷のうちに入らない。笑いもまた、かたちがない。

ある晩の深夜、ケシゴムはぱっと目を覚ました。

ふと誰かが呼んでいるような気がしたのだ。

便所に行くふりで下駄を履いて表に出ると、庭に、正一が立っていた。

最初の雨の晩と同じように、リュックを背負って上着を着て、軍装姿に戻っている。

「黙っててくれて助かった。これやるよ」

月明かりを受けて白い顔をした正一は、ところどころ汚れた正方形の紙を渡してきた。触れると中には、何か丸くて薄い、硬いものが入っている。

「ちゃんと隠せよ、見つかるな」

正一は腰をかがめてケシゴムの耳もとで囁《ささや》いた。

それから門の前まで歩いて行くと、振り返って蔵にじっと視線を注いでからケシゴムを見、かかとをそろえて敬礼した。そして北千束の家に戻って来ることはもうなかった。

夢かと思うほど曖昧《あいまい》な出来事だった。

だが翌日の朝、目を覚ましたケシゴムが慌てて布団の下をまさぐると、確かに高勢実乗のレコードがある。


「それからすぐ敗戦か。すると正一おじさんは笑いで戦争を生き延びたことになる。すごい話だな」

「すごいかどうかはわからないよ。いや、あのねのおっさんはすごい人なんだけど」

しかし自分が芸人を意識したきっかけは、正一からもらったレコードであるのは間違いない。

「僕もそんな人が近くにいたら、違っていたかな」

「そんな人って、ただの怪しいおっさんだから」

けれど真尋はつぶやく。「僕も、目標になるような人を探さないと」

「あれ、台本作家とか脚本家でそういう人がいるんじゃないの？」

ケシゴムの問いかけに、真尋は、うーんと困ったように笑っているだけだ。

「目標になる人がいないならさ、自分が舞台の世界でそういう人間になるってのはどう？」

台本がないのは非常に困る、頑張ってくれよ。

そんな思いで言ったのだが曖昧に濁している彼は、やはりにこにこしているだけだった。

そのにこにこが、なんだか今日はいつもと違う。自分と真尋の間に厚く、高く、そびえ立っている感じがある。

「ケシゴムさん、いつも付き合ってくれてありがとう。おやすみなさい」

ペコリと頭を下げた真尋はケシゴムが住んでいるのと変わらない、ボロの木造アパートに帰って行った。なんだあいつ、永遠の別れみたいな挨拶《あいさつ》しやがって。

真尋が住んでいる部屋を見上げると、彼が入る前から明かりが点《つ》いて、人影が見える。はて、もしや同居でもしているんだろうか。

楽屋に入ったら半ドンがいたから、ケシゴムは「象牙座」の裏口からすぐ外へ出た。

なんであいつがもういるんだ、暇なのか？

表に回り込むとテケツのおばさんが、こちらに丸い背中を向けている。

「何やってんの？」

きゃっ、と丸窓の向こうで変な声をあげたから、こっちが慌てる。

振り返ったおばさんはいつもの無愛想な顔に戻っていた。が、口の端に何かついている。後ろのテーブルに見えるのはサンドイッチとコーヒーカップに入った……。

「いいもん食ってるなあ。あっ、そっちは何が入ってるの？」

ケシゴムが鼻を動かしていると、狭いチケット売り場の奥の、サンドイッチが載ったテーブルの下で何かが動いている。

「また拾ってきたの？」

とケシゴムが言った。つい最近までおばさんが拾ってきた猫がチケット売り場にいたのだ。けれど欲しいという人が現れ、里親にもらわれていったばかりだった。

と、チケット売り場の横からぴゅんと黒いものが飛び出した。

わあっ、と驚いたケシゴム。だが落ち着いて見ると、それは岡持《おかもち》を持って腰を落とし、走る直前のような恰好をしたお下げ頭の少女キョーちゃんだった。しかも「私は何ももらっていません」という表情で、口をもぐもぐ動かしている。サンドイッチをもらったらしい。

「あっ、こんなところで何やってんだ！　おばさん、金があるんだから、知らないやつを中に入れたらダメだって」

「何言ってるんだ。千里ちゃんの分け前をこの子が配達してくれたんじゃないか」

「分け前？　でもどうして中に？」

「寒そうだったから、こっちから勧めたんだよ」

おばさんは正面を向いたまま背後のテーブルの脇に置かれた火鉢を指した。

その一方で、売り場の外に出ている郷子は眉をしかめて口をへの字にし、岡持を持っていないほうの手を身体に回して、わざとらしく寒さをがまんするような仕草をしている。

千里におひねりを渡したのは年配のファンだった。

結局その金を千里は高野バーの食べものに換えて、配達してもらったらしい。

その年配のファンというのは東京の下町を情緒豊かに描く作風で有名な小説家らしく、踊り子たちを食事に誘うこともあるようだ。だが当の本人は何をするでもなく、彼女たちが腹いっぱい食事するのをにこにこしながら見ているだけなのだという。

有名だか文豪だか知らねぇけど、ただのスケベジジイだろ。
と、ケシゴムは思っているのだが、その気前のいい文豪は自分のコントの時間になると決まって便所に行って席を外しているから腹が立つ。

楽屋に一人ずつサンドイッチを配り、花柄の魔法瓶に入ったコーンポタージュスープを各自のコーヒーカップに注《つ》いで回った郷子は、千里から千円札と五百円札を受け取っていた。

それをケシゴムが廊下の方から見ていたら、勘違いされたらしい。

「ほら、あんたにもあげるよ。全員分ないから女だけなんだけど、他の芸人には黙っておいて」

と、下着姿の踊り子から湯飲み茶碗につがれたスープをもらってしまった。

礼を言って廊下に立ったまま慌てて口に含むと、とろっと温かい濃厚なスープはコーンの甘みとバターの風味、さらにミルクの旨味が相まって、最後は少しカレーのような香りも感じさせ、なかなか表情豊かな味わいである。

が、それどころではない。

「ポケットに入れるなよ」

裏口からちょうど出て行くところでケシゴムが声をかけた。

ピクリとお下げ頭が反応し、紐でくくった魔法瓶をたすきがけにした郷子が振り返る。

「私が、ですか」

薄目を開けて眉を寄せ、不機嫌そうでかわいらしさがない。

けれど強い返事に負けまいと、ああ、そうだと腕組みしながらケシゴムも言った。

「どうして私がお金をポケットに入れるなんて、思ったんですか」

「いや、なんとなく。貧乏そうだからかな」

「なんとなく？　あなたが何か、ポケットに入れようと思っているからじゃないですか」

「ど、どうしてそんな話になるんだよ」

ケシゴムはなぜか動揺をおぼえた。

乾いた風が吹いて、劇場の周辺を囲んでいる七色の幟がいっせいにはためいた。土埃《つちぼこり》が転がるように地面を移動していく。

「高野バーで働く前に、私、川崎の工場で働いていたんです」

その件は千里から少し聞いていた。郷子は視線を落とす。

「そこの工場長が文句ばっかり言ってくる人でした。私はともかく、地方出の十五とか十六の女の子なんて親もとを離れて働くのも、都会に出るのも初めてだから、大人の顔色を見てビクビクしているような子ばっかりです。それなのに、おまえはなまけものだとか自分勝手だとか、ケチだとか僻《ひが》み根性が強いとか、決めつけて言ってくる。でもある日気づいたんです。なまけものでわがままで、ケチで僻み根性が強いのは、実は工場長自身じゃないかなって。だから世の中には、他人の悪口を言ってるようで、実は全部自分の紹介をしているだけっていう人がいるんだなあと思って」

そう、とつぶやいたケシゴムは二月の寒い日なのに、変な汗が湧《わ》いてきた。

梶沼の金を盗んで消えてやろうと思ったときのことを思い出したからだ。

いや、あれはむしろ逆か。もしかしたら俺のものを盗んでやろうという梶沼のたくらみが俺に伝わって、それで俺は泥棒なんて思いついて……。

頭が混乱してきた。

「あれ、なんだか目のふちがピクピクしてますよ」

お下げ頭の丸い目が、じっとこちらを見上げている。

何を気にしている、そもそも未遂の俺は盗みなんてしていない、と自分を立て直す。

「じゃあ、今は貧乏じゃないってわけか」

適当に話を締めようとすると、はいと郷子が頷いた。

「今はおかみさんが私を尊重してくれるから、仕事にもやりがいがあります。同じ百円でも、工場でもらった百円と、高野バーでもらう百円は、私には全然違う感じがします」

「そうか。疑って悪かったな」

少なくとも今、心は貧しくない。そう主張する郷子の雰囲気につられて言ってしまった。

しかしすぐ、しまったという顔を作ったケシゴムに、郷子は「はい」と言って、また元気よく返してくる。

「あなたは工場長とは違うみたい。私、いろいろあって、警戒心が強くなってたから、あなたに変な目を向けちゃったかも。それにアパートの草むしりも助かりました」

人間不信に陥った過去があるのは自分も同じ。だが仲直りなんてする柄じゃない。

軽く手を振って帰ろうとすると、あの、と郷子が寄って来る。

「中に、ヒロポンってあるんですか。芸に生きる人間は舞台に上がる前に気合いを入れる意味でバシッとやるんだって、この前お客さんが話していたんですけど」

いつの時代の話だよ。

だが物置部屋に大量の空のアンプルが残っているのは事実だった。もしかしたら未使用も探せばあるかもしれない。この界隈で、酒が原因で亡くなったといわれている者が、同時にヒロポンをやっていた可能性だって否めない。十二年前までは合法だったのだから。

「どうだ、一本打っていくか」

ケシゴムが腕を指さしながらふざけて言うと、岡持を抱えた郷子はまた、ぴゅんと逃げるように走って行ってしまった。

だがヒロポンを打ちたくなる気持ちもわからなくもない、とケシゴムは思った。

コントは相変わらず客受けが悪い。重さんや支配人もチクチク嫌味を言ってくる。今はストリップが好調とはいえ、いつまでもおんぶに抱っことというわけにはいかないだろう。

「俺と漫才のコンビ、組んでみないか」

三部がはけたあと、ケシゴムは楽屋で真尋と二人きりになったタイミングで声をかけてみた。

彼が舞台に上がってあれこれできるタイプの人間かどうかはわからない。

が、背に腹はかえられないだろう。

机に向かっていた真尋は座ったまま身体をこちらに向け、

「コンビ名は？」

と聞いてきた。ケシゴムは少し考える。

「昭和ピアニカ・ハーモニカ」

「そんな、子供じゃないんですから」

ははっ、と真尋は嘲《あざけ》るような笑い方をした。

「じゃあ、小林多喜二《こばやしたきじ》と蟹工船《かにこうせん》はどうです？」

えっ、とケシゴムは詰まってしまった。小林多喜二が漫才やるなら、収監しやがってチクショーとか、それでいいだろうけど別に俺は小林多喜二じゃないしなあとモゴモゴ言っていると、

「それならこんな時代遅れの小屋なんか出て、政治的な運動に身を投じるのはどうですか」

「政治っ？　あれっ、お笑いの話はどこ行ったの？」

と、変な流れになってきた。

けれど椅子から突如立ち上がった真尋は、驚いて後ろに下がったケシゴムに、距離を詰めるように歩きながら迫ってくる。

「六区の舞台なんて、前は服を着て踊ったり喋ったりしていたのが、景気が悪くなったから、今度は脱いだってだけの話じゃないですか。あんなもの見たからって、いったいなんの役に立つんです？」

「なっ、なに言ってんだ。踊り子が舞台に上がり続けるためにどれだけ努力してるか、今まで見てきたんだから知ってるだろ？」

普段穏やかそうな真尋だが、今日は何か確信をつかんだような目つきで、ケシゴムの方にジリジリと向かってくる。そんな初めて見る彼の剣幕に、わたわたしていたケシゴムだったが仕舞いには、壁際まで追い詰められてしまった。

真尋の興奮を抑える意味で、彼をなだめようとケシゴムが両手を胸の前に並べると、

「努力？　何を言ってるんです？」

と急に大きな声を出した真尋は、ケシゴムの背後の壁にバンッと勢いよく片手をついた。

「戦争をおっ始《ぱじ》めた連中に制裁を与えられるのは、僕たちの世代だけじゃないですか！努力を向ける方向を間違えてどうするんですっ？　責任から逃げまくってるやつらが、どうしても許せない。だから僕は志の高い仲間たちとこの世を正すために革命を起こすって決めたんだ！」

ええ、革命って、話がでかくなりすぎだろ……。

脚本家になりたかったんじゃなかったのか。コメディの台本と、政治の話がいったいど

こですり替わったんだ? 混乱したケシゴムは真尋の顔からいったんそらした視線をまた戻し、小さい声を出す。

「台本と、その活動ってやつを、いっしょにやるのは無理なの?」

「無理です」

きっぱり言い返されてしまった。

それなら初めからコメディなんて書く気がなかったのか、それとも途中で気が変わったのか……。だから他人の台本ばかり拝借して、新作を書かなかったんだろうか。

「革命って言われても俺はただの芸人だから、政治っていうか、そんな影響力ないしなぁ。それに仲間たちって、誰?」

困り果てながら洩らすと、壁から手を下ろした真尋が後ろに一歩下がってくれたので、ケシゴムは胸を撫《な》でおろす。

真尋は腰に手を当て、余裕のそぶりで髪をかき上げた。

その姿は確かに魅力的だった。若い踊り子が騒いでいたのは彼のこういった、根拠のない自信に満ちあふれた態度や発言によるものだろうか。

「僕はまた、大学に入り直そうかと思っているんです。そこの仲間たち」

少し前、真尋の部屋に見えた人影を思い出す。

さらに真尋は間髪を入れず、「そうだ、ケシゴムさんも僕たちの活動に加わりませんか」と嬉しそうに言ってくる。

その強い口調とは裏腹に、今日の彼の目は、いっそう光がないような印象をケシゴムは受けた。それは目前の彼が抜け殻に近い状態だからなんだろうか。中身はすでに「仲間たち」の方にいるのかな。僕たち、仲間たちという括《くく》りに没頭するのは個人の実体をなくすに等しいから、戦争も、革命も、なんだってやれるような気持ちになるだろう。

「父親の愚痴なら、また聞くよ」

こそっとつぶやいたケシゴムの言葉に、えっ、と洩らした真尋は不愉快そうな表情を一瞬だけ浮かべた。

俺みたいなやつが言っても、今は届かないか。

観念したケシゴムは首を振ってごめんと言った。

「俺は大学なんて柄じゃない。俺は、不謹慎でバカな人間のままでいいや」

晴天の霹靂《へきれき》は続き、今度は千里だった。

近々踊り子を卒業して女優に転身すると言い出したのだ。

「実は、前から誘われてたのよね」

千里だけはこの劇場にずっといてくれる。そう信じていたのはケシゴムだけではなかったらしく、重さんや他の関係者にも引き留められたようだった。

舞台がすべて終わり、疲れ果てた様子で踊り子専用の楽屋に一人残る千里に、ケシゴムはマッサージを施していた。ショートパンツから伸びる足のふくらはぎをせっせと揉《も》みながら、

「で、でも女優って……。踊りと関係ないじゃないですか」

「そうでもないのよ。ダンサーの役で、踊る場面もあるみたい。本格的にできる人にやってほしいんですって」

「だけど前、女優になるって辞めていった子は最近姿も見ませんし」

「ええ、ちょっとコンちゃん。もっと足頸の方に向かってやって、そうそう」

他人の話はあまり気にしていない。そんな様子で千里は指示してくる。

「ほら、海苔がダメになったから親に仕送り増やさないとって、思ったのよね。踊り子だけってのもこの先無理があるだろうし、でも今の経歴は隠さないわよ。あえて隠さずにやっていけば、あとから入って来る女の子たちにも何かいい影響を残せるかもしれないじゃない？」

千里は首を振って、背中に貼りついた長い髪を左右にゆらして払うと、足もとにいるケシゴムに、いたわるような視線を送る。

「コンちゃんには、本当にお世話になったわね」

「はあ、あの、ちょっと待っててください」

頭が真っ白になってしまったケシゴムは、千里が横たわる畳から下りると、サンダルを履いて楽屋の外に出た。

三部が終わって一時間以上経っていたから、劇場には二人以外誰もいない。

暗い廊下を進んだケシゴムは裏口のすぐ手前にある物置部屋の電気を点け、室内に積み上がっていた段ボールの一つを下ろし、蓋《ふた》を開けた。

楽屋に戻ってサンダルを脱いで、千里の足もとでまた正座になる。

「どこ行ってたの？」

「確かいいものがあったなぁと思って、疲れてるんですよね？」

怪訝《けげん》そうな面持ちで頷いた千里を前に、ケシゴムはポケットからアルミ製の小さなケースを取り出した。

蓋を開け、カチャカチャと音をたてながら準備を始めると、妙な気配を察したのか、「やだ」と言って千里が伸ばしていた足を引っ込める。

「でも疲れには、これがいちばん効きますよ」

そう言って顔を上げたケシゴムの目は、爛々《らんらん》とした光を放っている。

「ちょっと、本気で言ってるの？」

え、と洩らし動きを止めたケシゴムの手には、注射器と未使用のアンプルがある。

「もう一度言うけど、本気で言ってるの？　私のもとで働いてくれた芸人で最後までしっかりやってくれたのは、コンちゃん、あなただけだったのよ」

膝を抱くようにして座っている千里の視線にまっすぐ射貫《いぬ》かれ、はて、とケシゴムは我に返った。

自分の手もとを認めて、たちまち耳と手がかっと熱くなって、同時にアンプルのひんやりした感触が突き刺さるように伝わってくる。

「わあっ」

と叫んだケシゴムは畳に注射器を落としてしまった。

だがそれをすぐ拾って、楽屋から転げるように飛び出した。

裏口を抜け、ネオンの光が寂しくなった六区の道を、ただ走る。

千里の付き人を最後までやれなかった過去の芸人はたぶん、彼女のプロ意識に劣等感を刺激され、彼女の金を盗んだり、ヒモになって貶《おとし》めようと企《たくら》んだのかもしれない。

危うく自分も同じ道を選ぶところだった、と、手にあったものは途中でケースに収め、ドブ川に投げ捨てた。

また走っていると何者かと強くぶつかった。

相手が転がった隙に立ち去ろうとしたら、走りかけた途中でぐいと腕をつかまれたので仕方なしに振り返ると、

「なんだ、おめぇか」

と言ってきたのは、客席で居眠りしている浮浪者のロクである。

詫《わ》びを入れろと言われ、ケシゴムは適当な飲み屋にロクを伴って入った。

隙間風のきつい、粗末なカウンターに立ったままケシゴムがコップ酒を注文すると、

「おいらに奢《おご》ると出世するよ」

と言ってロクはすぐ一杯飲んでしまった。

嫌な顔をしながらケシゴムは、二杯目を注文する。

「どうした？」

下を向いたロクの視線の先のケシゴムは、サンダルを履いていない。

よほど動揺していたらしい。だから普段なら話さないような内容も、喋ってしまった。

真尋、それに千里も「象牙座」を出て行くこと。六区の集客は明らかに減っている。旨い海苔を作っていた大森と品川の海も、オリンピックをきっかけに埋められてしまう。コントも二、三人しか客が入らない日が近いかもしれない。

話が終わるとロクは突然、天を仰いで笑い出した。

カウンターをバンバン叩いて身体をゆらし、ひゃひゃひゃと歯の少ない口もとから妙な声をあげている。

ケシゴムがポケットに手を入れ、金を置いて帰ろうとすると「待て」とロクが引き留め

た。


「おまえは理屈ばっかり。だからパッとしないんだよ」

むっときたケシゴムはふたたびカウンターに向かうと、ロクの方に顔を突き出した。

「そっちの考えを聞かせろ」

「ああ、よく聞け。かつて六区にいて、後《のち》に有名になった、なんてやつぁいっぱいいるよ。たとえば千里ちゃんだが、映画に出たら有名になるだろうよ」

「どうしてわかる？」

「あの子が何年六区の舞台に上がってたか、知ってるか」

「十年弱」

「なに言ってやがる、十五年だ。あの子はこの街でしか吸収できないものをちゃんと吸収して、あの子なりの努力を重ねて客を楽しませてきた。舞台でいうなら、それが次のステージに向かうってだけの話だろ。千里ちゃんは基本的に、目の前の客に頼っちゃいない。だからよし今だと決めたら、さっさと外に出て行ける。でもおまえはここばっかり」

ロクは自分のもじゃもじゃ頭を指先で叩いてみせた、かつて蔵にいた正一のように。

「客の数ばっかり気にして、実際は、何も見ちゃいない」

ロクはまた機嫌よさそうに奇妙な調子で笑い始めた。

ケシゴムはカウンターに、ポケットの中の硬貨を叩きつけるように置いて、店を出た。

確かに何も見ていなかった。

ヤジを飛ばされるのは客に「失格」と判断されたのと同じである、と思い込んでいただけだった。

それは自分が臆病《おくびょう》だったからだ。

客の数とその反応ばかり気にして、かんじんの客の本性を見極めるのを恐れていた。恐怖で目が曇っていたのだ。思い出してみれば、しつこくヤジを飛ばす客はいつも同じ顔ぶれだった。ストリップファンの文豪のように、コントに興味がない者は、そもそも最初から席を外している。自分だって興味がなければ同じ選択をするだろう。

つまりヤジを飛ばす客は、ヤジを飛ばすのが目的で来ているのでは？

一つの仮説を打ち出したケシゴムは、休憩時間を使ってさっそくヤジ男たちの実体をつかんでやろうと動き始めた。

すると驚いた。

どうせぱっとしない人間ばかりなんだろうと思っていたら、役所の役人、会社の役員、医者、大手企業のサラリーマン——と意外に立派な職業に就いている者が多い。中には教師というのもいた。痩《や》せて神経質そうな、チョビ髭を生やした男である。

ケシゴムは三部のコントが終わったあと、千里の送迎は新人の芸人にまかせ、ヤジを飛ばしているときより生気のない目でストリップを眺めていたチョビ髭男のあとをつけてみた。と、男は小学校の教員住宅に入っていく。

別の日には、男が教師をしている小学校の校庭に忍び込んで、窓の外から教壇に立っている姿を盗み見てやった。

すると、一人の児童が教科書を読み間違えたか何かやったのをきっかけに、

「おまえたち全員並べーっ」

と、突如その教師は頭の血管を浮き立たせるような苛烈《かれつ》さで声を発した。

緊張した様子の子供たちは、教師の目を意識したぎこちない動きでもって机を後ろに片づけて、黙ったまま家畜のごとく四列に並ぶ。

その回りをチョビ髭先生はぐるぐる歩きながら説教を始めたようだった。そして説教の最中、少しでも子供が動くとすかさずそれを見つけ出し、罰と称してその子の腕や背中に持っていた指し棒を容赦なく叩きつけていた。女の子が相手でも同じことをやっている。そうして少しずつ標的が絞られていくのか、一人か二人、おとなしそうな雰囲気の、同じ子ばかりが叩かれるようになっていく。

窓の外から見ていたケシゴムは、背筋がぞっと寒くなった。

子供のたった一つの間違いが、どうして整列とか、棒で叩くなんて大きな話にすり替わるんだろう。

先生なんて権威のある存在を十歳前後の子供が疑うわけがない。だから男子も女子も見るからに怯《おび》えている。その雰囲気を利用すれば躾《しつけ》だとか素行が悪いとか、子供に責任を押しつけるような建前を使って、似たようなことを繰り返すのは簡単だろう。

それより学校なんだからさ、しっかり勉強を教えろよ。教師もいろいろ……なわけねぇだろ。あれじゃ軍隊のいじめと同じだよ。もしかして、大日本帝国の亡霊にいまだ取り憑《つ》かれてるんじゃないの？

そもそも教師の器じゃないやつが、「教師なんてかなわんわぁ」と認めずに、教師のフリなんか続けているから鬱憤がたまるんだ。

すると鬱憤のあるやつは、鬱憤を晴らすための弱者と場を探すだろう。

その一つが俺の舞台というわけか。

六区は六区でしかないのだから、街自体に罪はない。しかし時代の流れによって客が減り、その弱味につけ込むように、質《たち》の悪い客が集まっている可能性はあるだろう。

ひとまず子供たちが気の毒だ。

窓から離れたケシゴムは後ろに下がると、足もとの石を拾って、チョビ髭先生が黒板の前に来たときを狙ってそれを投げ、大きな音をたてて窓を割った。各新聞社や教育機関にも投書してやった。

その後は休日など、できる限り時間を割いて、アパートにこもって台本を書いた。

本や他の台本をたくさん読んでいるとか、学があるとかないとか、芸人がやる範疇《はんちゅう》を超えているとか、常識めいた話はもうどうでもよかった。

ヤジを飛ばしてきた連中を思い出しながら、ギチギチとノートに書きつける。


「これ、新しい台本です」

ケシゴムは「不承不承」の半ドンや一服、「象牙座」の新人芸人、それに古参の裏方たちにも自分が書いた台本をすばやく渡し、へりくだった態度ながらも開幕時間が迫っているのを理由に、有無をいわせぬ勢いで指示を与えていく。

「半ドンさんは教師の役でお願いします。他は、俺も含めて全員小学生！」

「うわっ、黒くなったぞ」

台本から手を離した半ドンの、丸々とした指先が汚れている。

「ガリ版で仕上げたばっかりだから、字のとこに触るとつきますよ。さて、始まるまであと一時間。初めてのコントだけど、半ドンさんくらいのベテランなら一時間あれば余裕でしょ」

今度、ケシゴムが書いた台本を舞台でやると聞いて、半ドンは明らかに不満そうだった。

しかしいざ実物を前に言われると、気圧《けお》されたように頷いている。

一時間なんてもちろんすぐだ。

半ドンはケシゴムが前もって用意しておいた白シャツにバンドズボンを穿いて、チョビ髭姿である。

「先生の役だから悪いんですけど、その頭、少々平らにしてくれませんか」

ケシゴムが手を合わせながら申し訳なさそうに伝えると、しょうがねぇなあとぶつくさ言いながらも半ドンは、リーゼントを渋々後ろに撫でつけてくれた。今日は新人の踊り子にも小学生の役で出てもらう。

「お願いします。いい演技、期待してますよ」

ケシゴムは新人ストリッパーにも頭を下げた。

それから自分も坊主頭のかつらに、シャツに半ズボンという小学生の姿に変身し、急いでステージに上がる。

パンと照明が当たったところで、客席を見た。

やはりいつもの顔ぶれがそろっている。

舞台で見る半ドンは気取ったオールバックの教師姿がなかなかさまになっていた。恰幅《かっぷく》のいい体型だから、バンドズボンもよく似合っている。

教師役の半ドンは台本通り、天気が雨に変わったのをきっかけに、

「俺は雨が嫌いなんだよなぁ、そもそもおまえがこの計算を間違えたのがきっかけだ。それが原因でおまえは先生を怒らせて、お天道様もきっと同じように怒って雨を降らしたに

違いない。でもいい子のみんなは全体責任、全員整列ぅ！」

と、因縁《いんねん》をつけて、ケシゴムや他の芸人たち扮《ふん》する小学生を整列させる。

そして少しでも列を乱した者は容赦なくこきおろし、恐ろしくて泣いてしまう女の子もいるというシビアな展開に、観ていた客はヤジを飛ばすタイミングを完全に失ったようだった。

「おまえ今、先生を睨みつけたよな？　おまえはさ、子供のくせに憎ったらしい顔をしているからなぁ」

首を横に曲げた半ドンがねっとりした口調でからんでいくと、「ハイ、先生スミマセン」とそれまで消え入るような声でうつむいて、従順でけなげだった小学生が、

「憎たらしい顔してんのは、てめぇのほうだろうがっ！」

と、いきなり教師役の半ドンの指し棒を奪い取って、その頭を叩きまくり、うずくまったところをさらに上から蹴るという狂気の沙汰《さた》に出る。

突如人格が変わってしまう小学生、それがケシゴムの役だった。

あっけに取られていた客が、組んでいた腕をほどいて前のめりになっている。

立派な職業についている者が実は裏でおかしなことをやっている。

この展開は興味を引くようだった。そりゃそうだ、これが笑いの基本なのだから。立派な成人男性のおじさんが、「あのねぇ、わしゃぁねぇ」と奇っ怪な文句を発しているのも、

似たようなものだ。

新しいものは反応が薄い、だからこの先どうなるかわからない。

もちろんつまらないと言ってくる人間もいたが、ヤジだけは減った。

そして何度か演じるうちに、「ああいう先生、いるよな」「うちは木刀だったな」なんて声がぽつぽつ聞こえるようになってきた。ケシゴムはまた新たな台本を書いて、自分で演じるのを続けていく。

「これで安心して出て行けますよ」

真尋はそう言って「象牙座」を辞めていった。

何が安心して、だ。おまえは自分の台本を一つも書かなかったじゃないか。

けれど最後、握手をしたとき、なぜか言ってしまった。

「まさか、死ぬようなことするなよ」

身体を大事にしろと言うつもりだったのに、どうしてそんな言葉が口をついて出たのかわからない。

真尋の中に灯《とも》った根拠のない自信に、何か危ういものを感じたからだろうか。外国人のように肩をすくめた真尋は、何を言ってるんだという顔で、「そっちこそ刺されないように気をつけてください」と冗談めかして言ってきただけだったが。

千里はその後、やはり女優の道に進んだ。

ただ、舞台とは違う芸名で映画に出るらしい。

ケシゴムのコントが少し評判になった頃、一度観に来てくれた。おもしろかった、やっぱりコンちゃんは他の芸人と違うと思ってたよ、と優しく言ってくれたうえで自らの映画の話題に触れる。

「ねえ、千里のままでいいじゃないか。腹が立ったから、ダンスの場面でグラインド決めてやろうかな」

そう言って裏口の外に出した七輪で、この春を最後に採れなくなるアサクサノリを使った、真っ黒な海苔を炙《あぶ》ってくれた。

「急だったから、これしかできないけど」

彼女は、持参した塩むすびに炙りたての海苔を巻いてケシゴムに渡した。

塩味がしみこんだ冷たいおにぎりに、海苔の上から齧《かじ》りついたら、二年前に食べたときの感覚がたちまちケシゴムの中に戻ってくる。

厚みがあるのに、炙っただけで、パリッとしたこうばしさと軽さが出る。米のねっちりした甘みとともに、大森の海苔特有の強い磯の香りが風のごとく鼻腔《びこう》を抜けていき、うまいなあと夢中で咀嚼《そしやく》していたら、もう海苔は口中から姿を消している。こういう感じの芸人が、俺の理想なんだよな。

ケシゴムがぽつんと言ったら、千里は少し笑って、

「なに言ってるんだ、ただの海苔さ」

と、貴重な一枚をまた、ひらりひらりとやってくれた。

その後、ケシゴムのコントにヤジを飛ばす者がいなくなったといえば嘘になる。

「下手なもの見せやがって、お遊戯会でもやってんのか!」

ある日コントが始まるといきなり飛んできた。

教師姿の半ドンがくねくね手を振りながら、「ちょっとぉ、静かにしてぇ」と客席に言ったところで、ケシゴムが後ろから思いきり蹴りを入れたら、半ドンが飛ぶように前に倒れていった。

「誰に向かって話してんだ? てめぇはオカマじゃなくて教師なんだから、俺たちの方を見ろよ!」

ちょっと早い小学生の登場だったが仕方がない。

すかさずケシゴムはまっすぐ客席のヤジ男を指でさし、もう遠慮なんてしない。

客を、自分と同じものと考えてはいけないのだ。

「おい、お遊戯会って言うなら、ここでやってみてよ。俺が見てやるから」

するとケシゴムの父親くらい歳が離れたような見た目のヤジ男は、舞台上の人間や、他の客からいっせいに注目を浴びて怖くなったのか、「遠慮します」と弱々しく洩らし、頭を振っている。

度胸がねぇな。

胸の内で洩らしたケシゴムはセットの椅子に戻ろうとしたところで振り返り、

「てめぇだって小学生だろうがって、俺にも言ってくれよ！」

と勢いよく言って、立ち上がりかけの半ドンにまた蹴りを入れた。

もちろん本気で蹴っているわけではない。だけど半ドンは「受けてるよ、勇ちゃん」なんて小さい声で囁いて、嬉しそうに蹴られ役をやっているから情けない。

それに今日も変なやつが客に混じっていた。

浮浪者のロクが一列目の席のはじっこで、誰も笑っていないときに笑いを入れて、拍手のつもりなのか足まで叩いて、「よし、いいぞっ」「ケシゴムちゃん！」なんて声をかけてくるのは励ましているつもりだろうか。

コントの途中だったが困り果てたケシゴムは台詞を止めると、もう勘弁してくれよ、かなわんわぁという思いで肩を落とし、ロクを見てからつぶやいた。

「やりにくいんだよ」

4
花筏の会と銀杏の木

花筏《はないかだ》の会、なんて初めて見る名前だった。

それで郷子は過去の予約表を引っ張り出し、目を通してみた。

だがやはり勤め始めた昨年の九月から、その名は一度も見当たらない。同じ会でも「浅草有漏の会」はもっと多く利用してもらっているようだけれど。

客が少ない時間を狙《ねら》いにねらって、会計の台でそろばんを弾《はじ》いていたとし子の手がしばし止まった隙《すき》を逃さないようにしながら、えいと声をかける。

「おかみさん、ちょっとお聞きしたいのですが」

伏せていた顔をちゃんと上げてくれたのでほっとする。

まだ大人に気を遣ってばかりの郷子は質問するとき、構える癖がなかなか抜けない。

「明日の午後来店予定の、花筏の会というのは、どんな会でしょうか」

黒いロングスカートにいつもの白いエプロンを着けたとし子は、ああ、と洩《も》らして肩と首をほぐすように動かしながら話しだす。

「あれは、浅草の商家《しょうか》のおかみさんたちが集まって出来た会。このあたりはほら、高度成長の動きと違って、最近景気が悪くなって斜陽化も進んでるから、もっと街にお客さんを集めるためにはどうしたらいいんだろうって真剣に、切実に考える必要がある。だから明日、うちの店に集まるんですって」

真剣で切実な会。そう聞いて身を引き締める反面、疑問も浮かぶ。

「でも真剣な会なのに、何度も集まってるわけでもなさそうですし、ここを予約するのは初めてなんですね」

「あら、よく調べたわね」

そろばんの珠《たま》の並びをジャランと指で揃《そろ》えたとし子が目を細めると、はい、と郷子は嬉《うれ》しそうにニヤニヤしながら頷《うなず》いた。

「浅草の、商家の仕組みは知ってる？」

いいえ、と郷子は首を振った。

「お店の中心を取り仕切っているのは基本的に、おかみさんなの。もちろん店は旦那《だんな》さん、お舅《しゅうと》さん、お姑《しゅうとめ》さん、子供、従業員という感じでみんなで支えている。でもお金や経営の実権を握っているのはやっぱりおかみさん。だから常に忙しくて、時間なんてめったに取れないのよ。休みだって店によって違うだろうし、休みの日はたくさんやることがあるでしょうし」

それなら納得がいく。実際、とし子も朝から晩までずっと立ち働いている。週に一度の休みだって、店の混雑状況によっては休日出勤していることも多かった。いったいおかみさんはいつ休んでいるんだろう、と郷子が不思議に思うほどだ。

そんな日々に、とし子は口数が少なくなったり、話しかけてもぼんやりしていて返事がなかったり、と疲れている様子を見せることもある。

だが嫌々やっている印象はない。浅草商家の女性は、働きものが多いのだろうか。

そう思いながらも郷子は眉《まゆ》を寄せる。

「今聞き逃したのかもしれないんですけど……。それなら店の旦那さんは何をやっているんですか」

「旦那さんは店の顔だから、もちろん店の顔らしいことをやってるの」

「でも店の実権を握っているのはおかみさんなんですよね」

「今日は冴《さ》えてるわねぇ」

ふふっと笑いながらとし子が言った。

へへへと合わせるように笑いながら、勘が働いた郷子はすぐ真顔に戻って、とし子の応《こた》えをじっと待つ。顔を伏せたとし子はまた、そろばんを弾きだした。

「旦那は店の顔であって、暖簾《のれん》そのもの。だから旦那さんは店にいる時間より、代表として外に出て行って、広報活動にいそしんでる時間のほうが多いんじゃないかしら。店の顔が外で気前よくお金を使ってくれれば、『あの店の旦那は気前がいい』って評判になる。それに『次はあの店に行こうか』って話にもなるじゃない？」

わかったような、わからないような。けれど「それ以上は自分で想像しなさい」といった様子でとし子は伝票仕事に戻ってしまった。

表の顔を務めているのは旦那だが、その裏で店の実権と財布を握っているのはおかみ。だから旦那が店の金を使って外で見栄《みえ》を張るのは、おかみ公認の広報活動という意味だろうか。そう考えると、仏壇屋の旦那同士が寄り集まっている「浅草有漏の会」がこの店に多く来ている理由もわかってくる。ただ蓮子の父親の場合、山手出身の妻であるおかみさんより従業員のほうに店をまかせているようだったから、店によって例外もあるのかもしれない。

それにしても広報活動とは、なんと便利な言葉だろう。

一組の男女が席を立った。

郷子は食器を片づけて、せっせとテーブルをふきんで拭《ふ》きながら、店の出口に向かっていく二人に視線を当てた。

ソフト帽をかぶった男は上等そうな正絹の和服に羽織り姿、と洒落《しゃれ》込んでいる。その後ろについていく和服の女は、凝った髪の結い方や、小指にあった撥《ばち》ダコなどから、たぶん芸者なのだろうと郷子なりに察しがつくようになっていた。それにあの男は確か既婚者で、どこかの店の店主のはず。

つまりおかみが店で働いている間、旦那は真っ昼間から芸者と遊んでいる……のではなく、これもまた広報活動の一つというわけか。

会計を済ませた男はウェイターに向かって話しかけ、ちらっと郷子を見、すぐ女を伴って出て行った。なんだろうと思っていたら、こちらに歩いて来たウェイターが、

「半分ずつだぞ」

と言って郷子に百円札を二枚押しつけるように渡してきた。

「へえっ？　こんな、いいんですか」

おかみさんは知ってるから、と囁《ささや》いたウェイターは黙って小さく頷く。

つまりお釣りは二人で分けろということか。

どうもと言って頭を下げた郷子は、いそいそと金をポケットに入れた。

二百円、あんぱんなら十三個は買えるだろうか、とすばやく計算する。

しかし礼を伝える隙も見せずに出て行くなんて、「よっ、粋《いき》だねぇ」とこっちだって声をかけたくなってくる。さっきの男の雰囲気からすると、たぶん四百円なんてはした金だろう。芸者を連れてこのあと行くのが高級料亭だとしたら「板さんに」なんて、千円札をひょいと渡したりするのかも。

だが休憩時間、三階の休憩室の窓から隅田《すみだ》川《がわ》や眼下に広がる商店を眺めていたら、ふと

別の考えが浮かぶ。

実務を伴わない広報活動の実体は、単にぶらぶら遊んでいるのと同じような。

要するに旦那の「粋」の裏にはせっせと働くおかみ有り、ということだろうか。

それならさっきの男の店のおかみは、店で休む間もなく働きながら、夫が真っ昼間から芸者を連れて遊び歩いているのも広報活動だからと公認しているのだろうか。

「ん？」

何か、どうも腑《ふ》に落ちない。

すると郷子の頭に突然小巻の顔が浮かんできて、「なになに、その話おもしろそう。私も混ぜて！」と言ってきた。そうだ、あとで小巻ちゃんにも教えてあげようっと。

しかしそれ以上に郷子は、旦那の裏で実権を握っているおかみという存在に俄然《がぜん》興味が湧《わ》いた。そのおかみたちが少ない時間を捻出《ねんしゅつ》し、姿を見せるのが明日の午後――。

ぶるっと全身を駆け抜けるような震えを感じ、すぐさまトレイを持って、とし子の姿をまた探した。

とし子は店の奥でビールサーバーからビールをついでいた。

彼女のもとに駆け寄ると、客のところへ運ばれるのを待っていたビールジョッキを次々トレイに載せて、最後に「おかみさん」と郷子は声をかけた。

「お昼に聞いた予約のお客さん、担当はもう決まってるんですか」

「まだよ、どうして？」

とし子は顔を上げずに別の酒をつぎ始める。

どうして、どうして。

テストを受けているような気になって緊張を感じたけれど、背後からぐっと客が押し寄せてきたので、その波を押し返す勢いで郷子はカウンターに片手をついた。

「店を切り盛りしている女の人に、会ってみたいからです。私も働く身です。もちろんおかみさんもそうなんですけど、田舎にいた頃《ころ》は、店の実権を握っている女の人なんていなかったから、興味があって」

興味があって、というのはよくなかっただろうか。

けれど今の郷子にはそれしか浮かばない。それにとし子はおかみと言っても、「花筏の会」のおかみと違って旦那を持たない。ならば彼女自身がこの店の暖簾なのかというと、それもまた違う。この店の主役はむしろ歴史のある建物や、店の名物そのものであって、とし子はそれらの後ろに身を引いて、もっと単純に店を動かしている印象がある。

だからこそ郷子は少し複雑な構造を持つ浅草のおかみたちに興味があった。

でも自分みたいな人間が立場もわきまえず、でしゃばり過ぎたかな。

上目遣いで口を閉じ、とし子の顔色をうかがっていたら、

「キョーちゃん、オドオドしなくていいの」

と言ってとし子はまっすぐ目を合わせてきた。

「自分の意見を持つことも、それを必要に応じて人に話すのも、決して悪いことじゃないの。何か聞かれて私も、雑な返事をするときだってあるかもしれない。でもそのときはそれだけであって、あれこれ人の気持ちを先取りしないで、あなたはただ、待ってくれたらいいだけ」

は、はいっ、と慌てて背筋を伸ばした郷子に、よっぽど嫌な目に遭《あ》ってきたのね、とと し子がつぶやいた。

「わかった、じゃあ明日の午後はあなたを担当にしておくから。でも、これはちょっと多いわね」

郷子が運ぼうとしていたトレイから、とし子はビールジョッキを一つ、テーブルにおろした。

「今の自分が実際にどれだけ運べるか、常に意識するようにしてみて」

確かに、張り切って欲張り過ぎたら、すべてのジョッキを落として中身はもちろん、器だって壊してしまったかもしれない。お客さんにビールをかけてしまう可能性だってある。

客の波に、胸の裏側を押されながらも、はい、と郷子は慎重に頷いた。

三十代から四十代くらいに見える女たちがずらりと入って来たのは、予約のちょうど五分前だった。

「ご予約ですか」

あえて郷子がたずねると、ええ、と応えたのは先頭に立っている、真っ黒な髪を後ろで一つにまとめた女だった。その後ろには四人の女性が立っている。

先頭の女は、用事があるからついさっき店から出て来たという雰囲気の、気取りのない鶯色《うぐいすいろ》の和服姿。後ろの四人は和服と洋服が半々で、やはりこちらもまた、気合いを入れてきた気配などみじんもない。

めったにない外出だとしたら、きっと華やかな恰好《かっこう》で来るだろう。

郷子は勝手にそう思っていたのだが予想は覆されてしまった。けれどももちろん、そんな気持ちは表に出さず、「お名前は？」

「三枝《さえぐさ》です」

会の名を、なぜか言わなかった。

だが予約表には「三枝峯子《みねこ》、ほか四人」とあったから、たぶん彼女が代表なのだろう。

「お待ちしておりました。どうぞこちらへ」

郷子は、なぜか少し表情のかたい、ぎこちない様子の五人を階段の方へ導いていく。

しかし何より郷子自身が階段を上がるたび、足頸《あしくび》がカクカクとなっているような状態だった。前日から気合いを入れ過ぎたせいか本物のおかみたちを前にして、急に緊張したらしい。

不審に思われているかな。

さりげなく振り返ると、後ろのおかみたちはおかみたちで変な動きを見せている。何か気がかりでもあるのか、階段を上がる途中、一階の客席の方を見下ろすと顔をそむけたり、少しうつむいたりして、峯子にいたっては広げた扇子を顔の横に当て「やだやだ」といった雰囲気の芝居がかった態度である。

よくわからないけど、おかみたちはなかなか表現力があっておもしろい。

おかげで郷子の緊張も少しやわらいだ。

それにしても今回案内するのがなぜ二階なのか、郷子は少し不思議に感じていた。店の実権を握っている人たちなら、この店のメインである一階席を真っ先に選ぶだろうと思ったからだ。

しかし二階は二階でまた、違う風情がある。

この階は食事目的の客が多い。

だが今は平日の昼過ぎなので、七十人ほど入れる広間はだいぶ空《す》いていた。

真っ白な壁のもとにはテーブルと椅子《いす》が並び、テーブルにはぴしっと伸びたテーブルクロスがかかっているので、居酒屋ふうの一階に比べ、こちらは世に言う「品のいいレストラン」のような印象を与える。そして窓からの採光が白いテーブルクロスに反射して、部屋全体がふんわりと明るく見える。それにこの時間帯は遅い昼食をとっている高齢の客や女性同士の観光客が多い。

客層や店内の雰囲気が一階から様変わりしたので、おかみたちも驚いているようだ。

点々と客が座る横をすり抜けて、郷子は「予約席」のプレートが置かれたいちばん奥の席に彼女たちを案内し、コートや羽織を受け取って、それを別の店員に渡してから椅子を引く。

おかみたちは壁を背にして二人、通路沿いの手前に三人、と、向かい合って座った。

会合だから静かな場所がいいのかな。

すまし顔の郷子はそんなふうに思いながら、水の入ったコップをテーブルに置いていく。

だが席についたおかみたちはなかなか喋《しゃべ》らない。

それぞれ黙り込んで、隣をちょっと見たりしながらじっとしている。

「どうしたのよ、置物みたいになっちゃって」

ぷっと笑って最初に口火を切ったのは、壁を背にして、手前に座っている代表の峯子だった。

「ここの前は何度も通ったことあるけど……。入るのは、初めてなんです」

峯子の右隣、つまり壁を背にした奥の席に座っている、五人の中でいちばん年齢の若そうなおかみが遠慮がちに言った。短かめの髪にくるんとパーマを当てて、落ち着いたキャメル色のツーピースを着ている彼女の言葉に、通路側に並んで座っている三人も不安そうな表情で頷いている。

「うちの店と全然勝手が違うから、変な感じ」

「こうやって、じっと座ってるだけっていうのも馴《な》れないわね」

「外出なんて久しぶりだから緊張しちゃうわ」

「今日はおかみじゃなくって客として来てるんだから、堂々としてりゃいいのよ!」

ぽんと背中を叩《たた》くような勢いで峯子がよく通る声を発すると、でも、と他の四人はまた気弱そうな様子で顔を寄せ合っている。

郷子がそこに、メニューを二枚置いた。

おかみたちは何も言わずにまた顔を寄せて、メニューを眺め出す。

峯子の右隣のおかみと、向かいの一人が、メニューの方に身を乗り出し過ぎて仕舞いには、コツンと頭がぶつかり、あら、と互いに照れ臭そうに頭を下げていた。

まだよそよそしさがあるから、会といっても歴史は浅いのかもしれない。

「今の洋食って、ずいぶんいろんなものがあるのねぇ」

「よく考えたら私、ほら、丸善《まるぜん》の創業者が考えたっていうハヤシライスくらいしか知らないかも」

「ハヤシライスのほうが珍しくない? 洋食っていったら思いつくのはもっとハイカラな

やつよ。ええと、ミートソーススパゲッティとか」

「結局外出なんてしてないから、洋食なんていつ食べたかおぼえてないわ」

「そうそう。檜屋《ひのきや》デパートの大食堂でタンメン食べたのだって何年前だったかしら」

三人並んだおかみが次々言って、タンメンは確か洋食じゃないわよと否定されながらも、デパートの大食堂にさえ行ってないという件については、ねえ、と互いに同意し合っている。ちなみに檜屋デパートは高野バーのすぐ近くにある百貨店である。

今の話からすると、おかみたちは店を空けられないからなかなか時間を作れない、と、とし子が言っていたのはやはり事実なのだろう。

「さっき、一階の方見た?」

急に声を潜《ひそ》めたのは三人並んだうちの、いちばん奥のおかみだった。それを受けて隣の二人がさらに言う。

「見てないわよ。私、もう、とても見ていられなかったもの」

「私もそう。でも外に出たらどこで会うかわからないじゃない。会長と副会長はどうだった? 旦那さん、一階にいた?」

「副会長なんて、まだ決まっていませんから」

そう言って恥ずかしそうに手を振っているのは、峯子の隣の、奥の席に座るキャメルのツーピースのおかみである。

副会長と呼ばれたわりに、五人の中でいちばん年若そうな印象の彼女は、三十代前半くらいだろうか。ぱっちりした目でやや童顔。なのにパーマヘアーにキャメル色の洋服など、地味で老けた感じのものを身につけている。もしかしたらおかみという立場に合わせて、落ち着いて見えるように演出しているのかもしれない。

「玉恵《たまえ》さんのご主人はうちと違って優しいから、今日はちゃんと玉恵さんの代わりに、店番をしてくださってるんですって」

会長という呼び名をまったく否定しない峯子がすかさず言うと、「うちは堅物なだけですから」と、少し赤くなった玉恵が峯子の方を向いて慌てている。

「なに言ってんのよ、夫婦仲がよくって、羨《うらや》ましいわ！」

広いおでこにつぶらな目、丸い鼻、それに着物をまとった少しふっくらした身体《からだ》。そんな外見をした峯子は、べっこうのかんざしでまとめたコシの強そうな黒髪を後ろにそらし、あはははと快活な調子で笑っている。

彼女たちの個性が郷子になんとなくつかめてきた。

峯子はどんと座っている感じが骨太で、笑うときは腹の底から湧き上がるような声を出す。一方、副会長候補の玉恵は若いからか、それとも性格だろうか。五人の中では比較的控えめで周りに気を遣うタチらしい。そして二人の向かいに座っている通路側の三人は玉恵より大胆な印象だが、何か発言するたびに「今の言葉、ハズしてないかしら」と、互いの顔を目で確認するような動きを見せる。

「私なんて外で旦那と会ったら嫌だから、さっきはこうやって、隠しながら上がってやったわ」

　シャキシャキ話す峯子は動きが大きい。

　さっと胸もとから扇子を取り出し、パンと開いて、階段を上がったときと同じ仕草をすると、向かいに座った三人ががまんできないように口を開けて、どっと笑った。

「峯ちゃんそれって、逆に目立ってたんじゃない？」

「でもスパイみたい。ちょっとおもしろかったわね」

「これから私たちも、スパイの腕をもっとあげないといけないわね」

　最初のコソコソしていた態度の本心を、それぞれ打ち明けたことで心が晴れたのか、さっきの「置物」状態はいったいなんだったのかというほど場がゆるみ始めた。

「それにしてもみなさん、本当によく休みが取れましたわねぇ」

　まるで行儀の作法を示すように、テーブル上でたおやかに指先を重ねた峯子がおどけた口調で言った。

「そうよ。従業員だけにまかせるのだって限界があるんだから、もう大変だったわよ」

「うちなんて、玉恵さんと違って、今日になったら急に店に出るなんて旦那が言い出したから、あらっ、どうしちゃったのかしらって、びっくりしちゃって」

三人並んだ真ん中の、ページボーイカットが似合っている和服のおかみが、うんざりしたように言い放った。

「あら、勘がいい。ところで艶《つや》ちゃんの髪、いいわね」

テーブルに身を乗り出すようにしながら峯子が差し込むと、ありがと、と内巻きにした髪に機嫌よく触れてから、ページボーイの艶ちゃんがさらに言う。

「普段は何があってもずっとぼけているくせに、今日に限って店に出るなんて。何か気づかれたんじゃないかと思うと、気味が悪かったわ」

「それ、大丈夫だったの？」と峯子。

「ええ、こっちも必死にあれこれ言って出てきたから、たぶんバレてないと思うけど」

「うちも、この会のこと話したら、女同士いったい何をたくらんでるんだって言ってきそうだわ」

「この会のことを旦那になんて言えない言えない！　絶対言えないわよぉ」

「店の仕事は全部こっちにまかせ切ってるくせに、こっちがこっちで何か始めると、あとからちゃあんと口だけは出してくるのよね」

ねぇー、と玉恵を除いた四人が目を合わせながら首を縦に振っている。

「会の進行を妨害されたらたまらない。今はまだ私たちのこと、旦那さん以外にも秘密にしておきましょうね」

峯子が声の調子を落として言うと、全員が口を結び、うんうんと頷いた。

それで郷子はやっと理解する。

要するに二階を選んだり、階段を上がるとき顔をそむけていたのは、旦那を筆頭とした店の関係者や、そのあたりに通じている人間に見られたら面倒だと思っていたからなのだろう。

役割分担が決まっているのが、店のおかみと旦那。建前上は旦那が上で、おかみは下。そんな前提でおかみ業を営む彼女たちが、街の何かを決めるとき、まず予想されるのは「おかみの分際で勝手なことをするな」という旦那たちの反発らしい。

それなら外で遊んで……いや、せっせと広報活動にいそしんでいる一部の旦那のみなさんはこの街の斜陽化に向けて、何か考えでもあるのだろうか。

そんな、意地悪といえば意地悪だが当たり前といえば当たり前の発想が浮かんだ郷子だったが、メニューをよそにおしゃべりを始めたおかみたちの勢いには口を挟まないのが賢明だろうと、何も聞いていないふりをしながら、その傍らに立っている。

そのとき、後ろから姿を見せたのはとし子だった。

「みなさんようこそ。今日はお忙しいなか当店を選んでいただいて、ありがとうございます」

珍しくフレアワンピースを着ているのは、「花筏の会」の女性たちへのサービスだろうか。わずかに裾《すそ》がゆれて、華やかさがある。でも主役は客なので色は黒と決めているらしい。

「こちらこそ、こんないい場所に席を用意してもらって、ありがとうございます。それにしてもいろいろあるから、何を頼んでいいかわからなくなっちゃったわ」

峯子が言ってメニューを見ると、他のメンバーもとし子に向かって、そうそう、そうなのよ、と同意しながら頷いている。

「お昼は召し上がりました？　みなさん、今日はお酒は？」

とし子の質問に、おかみたちは、昼食はまだだが昼から酒なんてまさか、という反応を見せる。

「でしたらまずは、このあたりをメインの料理にして、あとはサラダ、スープ、それにライスかパンを選んで、昼食のセットにしてはいかがですか」

とし子の示す先を、熱心に見ていたページボーイのおかみが真っ先に声をあげる。

「じゃあ私、そのセットで。おかずはトマトソースのチーズカツレツ、かっこチキン」

「かっこって何よ、じゃあ私もそれ」

「私もそれにする」

艶ちゃんの選択に続いた、並びの二人の声に、玉恵も手を挙げかけたところで、「ちょっと！」と峯子がよく通る声で遮った。

「みんな同じなんて、つまらないじゃない。せっかく時間作って来たんだから、この機会にいろいろ頼んで、実際にこの目で見て、食べてみないと違いだってわからない。それじゃあ町おこしの勉強にだってならないわよ！」

「え、もう勉強が始まってたんですか」

横から眉を八の字にした玉恵が困ったように洩《も》らすと、峯子はひらひらと顔の前で手を動かす。

「そんな堅苦しいものじゃなくって、なんでも経験だって、私は言ってるの。高野のおかみだってわざわざこうして来てくれたんだから、遠慮しないでどんどん質問したらいいのよ」

「ええ、なんでも聞いてください」

注文伝票とペンを持っているとし子がのんびりした口調で言った。

するとそれぞれ考え直したらしい。

結局、とし子に一人ひとり料理の内容を確認しながら艶ちゃん以外は、オムレツ、ビフテキ、ハンバーグ、サーモンのムニエル――と、迷いながらも違う主菜の料理を注文していた。

「かしこまりました」

とし子がゆったり微笑《ほほえ》んでから席を離れていくと、その背に、首や上半身をひねった三人並びのおかみたちが、珍しいものを見るような視線を当てている。その横で郷子は、よく喋るせいか減りが早いおかみたちのグラスに水をついで回っていた。

「あのワンピース、素敵ね。どこで買ったのかしら」

「浅草なのにちょっと都会っぽいわよね。独身なんでしょ、あの人」

「私たちと違って所帯じみた感じが全然ないわよね。気楽そうでうらやましいわ」

ページボーイの艶ちゃんがぽろりと言うと、ねぇ、と左右の二人が声を潜めて頷いている。

やはり聞こえないふりをしたほうがいいのだろうか。

そう思いながらもむっとした郷子がコップを置こうとしたとき、

「そんなこと言うの、やめなさい」

と峯子がはっきり言った。

その言い方には女たちの足並みそろえた雰囲気を、平気でぶっつり断ち切るような確信がこもっていたから、郷子は危うく手もとの水をこぼしそうになってしまった。

「あの人はあの人で、この街の顔でもある高野バーの暖簾を守るっていう、決して軽くない責任を小さい頃から背負いながらやってきてるの。その覚悟こそが今のとし子さんを作っているんだと、私は思うわ。それならあなたたち、とし子さんに代わって、建物も含めて大正から続いてるこんな大きなお店、守っていけるの？」

三人は首をすくめて、気まずそうに視線を交わしている。そして話に加わらなかった玉恵まで、自分が言われているかのようなしゅんとした顔をしている。

「あなたたちの店を守ってるのは、あなたたちおかみ。うちの店を守ってるのは、この私。店が違うんだから、それぞれ違う努力と苦労を重ねながらやってきてる。とし子さんだって同じ。もっと自分の仕事に誇りを持ちなさいよ」

そう言って峯子は隣にいる玉恵の同意を得ようとするわけでもなく、郷子の方を気にするでもなく、口を結ぶと一人胸を張って座っている。

お、おおっ……と興奮して、郷子はコップを置くときまた、手が震えた。

さっきまで、キャッキャと喋っていた彼女たちの姿は、おかみといっても工場時代に会った十代の女の子たちとあまり変わらない印象を受けていた。

しかし峯子は違うようだ。

彼女だけは、どこか異質な匂《にお》いがする。

女同士ならたとえ反論があってもその場で指摘せず、適当に調子を合わせる。

それが女たちの世界を平和に保つためのお約束で、破ってはいけない暗黙のルールなのかなと、郷子はひとまず思っていた。

けれど峯子はそんな雰囲気に、平気で水を差すようなことを言ってのけた。

でも横並び意識の強い女同士であんな言い方をして、大丈夫なんだろうか。都会といっても浅草はそう広い土地ではないから、いわゆる村八分のような目に遭う危険性だってあるかもしれない。

と、余計な心配をしている郷子だがその頭をまたかすめていったのは、生まれ故郷で出会った、母親を含めた田舎の女たちである。

故郷にも、働きものの女性は多かった。

けれどどこか芯《しん》がなく、子供の目からすると頼りない。

郷子は彼女たちのそんな印象をどうしても拭《ぬぐ》えなかった。

今住んでいる土地でしか生きていけないと思っているからだろうか。夫や年長者に対して従順なものが多く、峯子のような主張ができる人なんていなかった。そして決して口には出さなかったけれど、そういう人たちはロボットみたいだなと郷子は心の奥で、実は感じていたのだ。地方の田舎の村八分、それを極度に恐れると、なぜか人は自分の意思を殺してロボット化するらしい。

土と水の香りがする自然豊かな田舎町には、実は体温のないロボット人間がちらほら住んでいる。

そんな宇宙人にのっとられたといっているような話は、誰に言っても信じてもらえないだろうと郷子は思っていた。昨年だって『瞼《まぶた》の母』なんて映画で多くの人が涙を流していたくらいだから、慕うどころかその子供が、親に疑いの目を向けるなんて絶対禁句なことなのだろう。

だが自分の母親こそが体温を感じさせない人だったせいか、ロボットだけは嫌だ、ロボットになるのは怖いという思いが、彼女は自分で思っている以上に強かった。だから同期の女の子たちを置いて川崎の工場から一人で逃げるなんて、できたのだ。

でも自分と違って、峯子はこの街に留《とど》まろうという人。

それなら簡単に逃げるわけにもいかないだろう。

しかし少しの時間、顔をしかめて目をそらしていたページボーイの艶ちゃんが、納得したように頷いた。

「確かに、そうね」

すると左右の二人も、「悪いこと言っちゃったわね」「ええ」と気まずそうに訂正したので、郷子はほっとしながらも、驚いてしまう。

峯子はくちびるの端をにっと子供のように上げると、

「ごめんね、私も強く言い過ぎたわ。それよりあなたの店、この前新聞に紹介されてたでしょ。いいわねぇ」

とすぐ話題を変えていた。

サラダとスープとパンがそれぞれの前に並ぶと、

「え、生の野菜？　これは食べて平気なの？」

と、おかみの一人が怪訝《けげん》そうな表情を、露骨に浮かべた。

サラダの器に多く入っているのは缶詰のホワイトアスパラガス。そこに生のきゅうりやトマトとともに、自家製マヨネーズが添えてある。

肥料の関係上、生野菜なんてまず見ない。一般家庭のちゃぶ台やテーブルに並ぶ野菜といったら煮物やおひたしや漬け物など、火を通したり、塩蔵したものが当たり前だ。

ちなみに郷子は東京に出てからも桶《おけ》に入った肥料を見たことがある。

それで警戒しているのだろうが、よく洗ってますよと伝えても、慎重なおかみたちの信頼を得るのは難しいだろう。実は普段、店はポテトサラダを出している。しかし来年のオリンピックを意識して、客の反応を知るためにも、今年から少し実験的に生野菜を出していた。

「当店の生野菜は自然の素材を使った堆肥で育てている農家から、特別に取り寄せています。だから安心して召し上がってください」

「自然の素材って何よ。人間のあれだって自然なものでしょ」

あはは、まあそうよねぇという声が湧いてくる一方で、「ごめんなさいね、私たち、いろいろうるさくって」とも言ってくる。

ちなみに郷子自身も試食のサラダを前にした当時、おかみたちと似た感想を抱いていたから、まあそうだよねと思っていた。なので正直に話す。

「実は私も生なんて……と最初は思っていたんです。実際に生野菜だけ食べたら、皮が固く感じましたし、独特の青臭さもあって、どうなんだろうなあって」

まるで草を食べている虫になった気分だった、とは言わなかったが、

「でも大事なのはこれ、これなんです！」

と郷子はサラダに添えられた自家製マヨネーズを手で示した。スプーンでたっぷりすくってそのままどしんと野菜の横に添えられたそれは、黄色っぽい色をしていて、ピンとツノが立つほど固さがあって旨味《うまみ》も強い。

「このマヨネーズをつけて食べると生野菜のほろ苦さや青っぽさがうまい感じに中和されて、サクサクした歯ごたえとか、あれっ、美味《おい》しいなって感じるようになりました。たぶんこの先、外国の人を相手にするお店も増えるでしょうから、外国人が大好きな生野菜のサラダは日本でも流行《はや》っていくと思います」

料理長から聞いた受け売りを混ぜながら話したら、おかみたちは興味を持ったのか、へえ、と声を漏らす。

「じゃあ、最新の食べものってことね」

峯子がきらりと目を光らせた。

「はい。それに自然の素材の堆肥は落ち葉や野菜の皮、あとは米ぬかといったものを時間

をかけて熟成させて作っています」

「そんなの初めて聞くけど、どこの畑で作ってるんですか」

ページボーイの艶ちゃんが納得のいかない顔で、サラダを遠ざけたまま質問してきた。

「別の洋食店のコックが確か……池袋《いけぶくろ》に畑を作って、そこで収穫したものを当店のコックが取り寄せています、はい」

郷子の知識も少しあぶなっかしくなってきた。

それに畑をやっているのは農家じゃなくてコックだったと口にしてから気がついて、矛盾を指摘されないかヒヤヒヤしていると、「池袋っ？」となぜか声があがった。

「池袋なんて辻斬《つじぎ》りが出るような場所でしょ？　あんなところに畑なんて、あったかしら」

「辻斬りって、いつの時代の話してるのよ。でも確かに小さい頃、あのへんは行っちゃダメって言われたわね」

「でもこれからは池袋だって開発されるんじゃないかしら」

池袋が？　ええ？　あの池袋がねぇ、と彼女たちの関心はあっという間に土地の方に移っていく。店の外にあまり出ないせいか住んでいる土地以外の変化には疎《うと》いらしい。

「でも下の階で呑《の》んでるような人たちはこういうのって食べるのかしら。うちの旦那さまなら、生だろうが虫がついてようが、平気で食べちゃいそうだけど」

峯子の言葉に、あっはっは、うちもそうだ、むしろ旦那のほうが外で虫みたいなことをやっていると声に出し、全員で笑っている。

二階に知り合いがいないとわかったからか、おかみたちの普段の性質がますます自然に出るようになったらしい。サラダは恐る恐る手を出しながらも、

「うん、マヨネーズつけたら、食べられないことはないわね」

「なんか変な感じ。でもこのサクサクした歯ごたえは、癖になりそう」

「確かにマヨネーズのどろんとした重さが、きゅうりの水っぽさ……じゃなくて、みずみずしさっていうの？　なかなか合ってるわよね」

「マヨネーズが黄色いのは卵をたくさん使ってるからだと思う。コクがあって、滋養もありそう」

と結局、全員残さず食べていた。

滋養がありそう、身体によさそう。このへんは女性客が惹《ひ》かれる要点なのかも、と郷子は頭の隅にメモしておく。

次はスプーンを取って五人はスープを口にする。

「これ、ポタージュっていうのかしら。私が知ってるのと違って、白っぽいわね」

はいと答えた郷子が伝える。

「今日のスープはじゃがいものポタージュです」

「へえ、胃の底からポカポカしてくる感じ。スープにとろみがあるからかしら？」

「コーンポタージュより、こっちのほうが牛乳とバターの香りを強く感じるわね。少しざらっとした、じゃがいも特有の舌触りもおもしろい。あら、私の、もうなくなっちゃったんだけど」

「パンをつけて、きれいに食べてもいいんじゃない？」

他のおかみより知識があるらしい玉恵が言って、郷子に視線を合わせてくる。

「ええ、どうぞ。メイン料理のソースも、パンで拭って食べる方がいらっしゃいますよ」

郷子の勧めに応じて、皿に残ったスープを一人がパンで拭い、口にした。

それをじっと観察していた他のおかみもすぐさま同じことをやっている。さすが「花筏の会」のメンバーだけあって、好奇心がすばやく行動に結びつくのは、峯子だけではないようだ。

「スープに浸したパンも美味しいわね」

「スープにこうばしさが加わって、スープに浸った、ふにゃっとしたところの食感もまた、なんともいえない」

「これ、うちの店でもやれないかしら。お吸いものに、あられを入れるとか」

「いいわねぇ。お雑煮は生のお餅《もち》より、焼いたものを入れたほうが断然風味が増して、美味しいじゃない。それと同じよね」

「あられなら、うちの店に注文してもらわないと」

和服を着た胸もとをぽんと叩いたのは、ページボーイのおかみだった。

艶ちゃんの店はおかき屋なのだろうか。

それにしても、せっせと動き回りながら郷子は驚きが止まらない。

サラダとスープとパンだけで、これだけ話が盛り上がるなんて。そのうえ新しい意見まで飛び交って、おかみの感性と発想力、侮《あなど》るべからずである。

メイン料理が運ばれてくると、さらに大変な騒ぎだった。

トマトソースのチーズカツレツ（チキン）、オムレツ、ビフテキ、ハンバーグ、サーモンのムニエル——と次々運ばれてきて、わあっと歓声が湧き起こり、まるで花が咲いたようにテーブルがにぎやかになった。

オムレツにはハンバーグやビフテキと同じように、色鮮やかにソテーしたいんげん、焼きつけたじゃがいも、つやつやしたにんじんグラッセがたっぷりと添えてある。

「はぁ、なんてきれいなんでしょ！」

感激の声をきっかけに、「見た目にも春を感じるわ」「まだ二月だけど、私たちのところにだけ一足先に春が来たって感じよね」「どれも贅沢《ぜいたく》ねぇ、バターのいい香りがする」「もう、いくらでも食べられちゃいそう！」

と、明るくわくわくした表情が五人の顔に浮かび、張りのある声もどんどんあがった。

五人は料理だけに気を取られているようだが、実はメイン料理といっしょに、ご飯の皿もそれぞれ一枚ずつ出されている。つまり「ライスかパンを選んで」と言っておきながら、店側はご飯とパンの両方を一人ずつサービスで出したらしい。

が、おかみたちはもちろん、それに気づくどころではない。

そっちも食べたい、あっちも食べたい、結局全部見るだけじゃ味がわからないからメニューの品を全部食べてみたいっ、といった様子でまったく落ち着かない。彼女たち本来の研究熱心さに、外出なんてめったにできないという制限された理由が加わることで、あれもこれもの欲求はますます高まるらしい。

もっとおかみさんたちが外に出て、いろんな場所に行けるようになればいいのに。

郷子が思っていると、台車を押しながら現れたのは、白い上下の調理服を着た料理長だった。長い帽子をひょいと外して挨拶《あいさつ》する。

「どうも、今日はご来店ありがとうございます」

ぴたりと口を閉じたおかみたちは、たちまち真顔に戻って、料理長に視線を注いだ。

誰《だれ》だか見極めてやろうという五人の気迫にたじろいだのか、

「コックの、谷村です」

と間を置かずに加えていた。

料理長の年齢や雰囲気から、調理場の責任者だと気づいたらしい。

さっきの怖い真顔など忘れたようにおかみたちはにっこり笑って、「どうも」と高い声で取りすましている。

「これは当店の名物の一つで、ビーフシチューです。みなさんどうぞ、今日は試食がてら召し上がってみてください」

料理長は台車に載っていた銀の器の蓋《ふた》を開け、おたまで中のビーフシチューを小さめの皿に取り分け始めた。郷子はその皿にトングでつまんだクレソンを添えてから、テーブルに運ぶ。

まあ嬉しいわ、おまけなんて、とおかみたちは子供のような声をあげている。

ビーフシチューは蓋つきの器に入れて運んで来ただけあって、牛肉の塊もちゃんと入ったそれぞれの皿からは、温かそうな湯気がふわふわと浮かんでいる。

「ちょっとずつ食べるっていうのが、いいわよね」

四人の顔を見回しながら峯子が言うと、「そうそう。いろんなものを少しずつ、たくさん食べてみたいのよね」と他のおかみたちも首を縦に振っている。

料理長が不思議そうにしていたので、おかみたちの「あれもこれも」について郷子が伝えたら、くるりと背を向け、客席からは見えない二階の流し台の方に行った料理長はすぐに皿を何枚も重ねて持ってきた。皿は一階から配膳用エレベーターで運んだらしい。

「それならこれを使って、メインの料理も取り分けたらいかがですか」

「でも、そんな食べ方をして、いいのかしら」

その声をきっかけに「不躾《ぶしつけ》じゃないかしら」「ほら、私たち、洋食のマナーを知らないから」「ナイフとフォークだってうまく使えないんです」と、消極的な意見が続く。

「洋食は日本生まれの料理ですから、マナーなんて堅苦しいことより、気軽に楽しく食べてもらうのがいちばん。そこに入ってる箸《はし》もどんどん利用してください」

カトラリーケースを手で示した料理長は、ごゆっくりと言って帽子をかぶった頭を軽く下げると、また台車を押しながら戻っていった。

その背にふたたび首や上半身をひねった三人並びのおかみたちが、遠慮ない視線をじっとりと当てている。

「いい男、たぶんハマの男ね」

三人並んでいる、艶ちゃんの右隣のおかみの指摘に、「どうしてわかるのよ」と向かいの峯子がテーブルに片腕を載せるような格好で反応している。

「横浜のビールの業者から来た人が、確かあんな雰囲気だった。ビールの発祥は横浜なのよ」

「それよりあんなって、どんな感じなのよ」

聞き捨てならない様子の峯子が食い下がった。

「浅草の伊達《だて》男と違って、さりげない色気っていうのかしら。袖《そで》から出る腕がたくましいところとか、首筋とか、もっと自然で荒々しい感じよ！」

妄想力たくましい感想におかみたちは口に手を当て、キャーッ、そんな男にもっと会ってみたいわぁ、と目を弓のようにして小さな悲鳴をあげている。

「ちょっと」

郷子をちらっと見てたしなめたのは、副会長候補の玉恵だった。

「いいじゃない。いい男だって、本当に思ったんだから」

「そうそう、思うだけなら自由」

ライスに塩を振りながら峯子が平気で言ってのける。

思うどころか口に出してますよ。

と思った郷子はもちろん黙っている。それにとし子のときと違って、「もっと自分の旦那に誇りを持ちなさいよ」とここで言う気はないらしい。

それから女たちはビフテキやハンバーグなど、切り分ける必要があるものはきっちりナイフで五等分してから、「いただきます」と大きな声をあげ、各自で取り分け皿に移しながら食べ始めた。

「このビフテキ美味しい！　でも、こんないいもの家族にないしょで食べたら、死ぬんじゃないかしら」

「なに言ってんのよ、今までがまんしすぎなのよ。オムレツだって火加減が絶妙で美味しいわよ」

「どれも硬くならないうちに食べたほうがよさそうですね」と一人敬語を使う玉恵。

「付け合わせの野菜も手がこんでる。熱を通し過ぎないで、にんじんとか、いんげん特有の歯触りをあえて残してるみたい」

「この、ちょっと焦げた感じの、苦みがあるソースは初めて食べる味だわ。こういうのを大人の味っていうのかしら。でも、別にお味噌《みそ》が入ってるわけじゃないのよね」

ビーフシチューを食べるおかみに、ねえ、と聞かれて郷子は「まったく同意です」という意味を込め、はいと頷いた。本格的なドミグラスソースは子供というより大人向けで、本当に不思議な味がする。

それにしてもおかみたちは何もかも成り行き次第、いろんな感想を上げてくれる。一つひとつの料理をよく嚙《か》んで、じっくり味わい、「美味しい!」と驚きの声をあげると同時に共感し合い、思いつきのようなアイディアを次々と口にして、それを回収するでもなく別の話題に移っていき、さらに無節操な会話を広げていくという賑々《にぎにぎ》しさである。

そもそも取り分けて食べるなんて、男性客なら「貧乏くさい食べ方だ」と言いそうだ。けれど五人のおかみたちは楽しくやってのけている。

見栄より先立つものは「あれもこれも」の精神らしい。

普段一階で接客をしている郷子には、彼女たちの姿が新鮮で仕方がなかった。

「はい、休憩終わり」

パンパンッと手を叩いた峯子が、あちこち飛び回る奔放な会話を、ばしっと止めた。

三人並びのおかみたちはメニューを見ながらアイスクリームや自家製プリンなどデザートを探している最中だったようで、

「ちょっと峯ちゃん、もう少し待ってよ。ここまできたら甘いものだって食べてみたい」

「またあとで。本来の目的忘れたの？　玉恵さんはお子さんが帰ってくるから、四時にはここを出なきゃいけないのよ」

峯子が遮るように言うと、三人は玉恵に視線を転じた。

「お義母《かあ》さんとお義父《とう》さんに全部任せるわけにもいかないし、うちは女中を雇っていないから」

声の調子を落とした玉恵が申し訳なさそうに打ち明けた。

見る間に反省した様子の三人は、何も言わずにメニューをテーブルの横に戻し、それをきっかけに峯子が口を開く。

「はっきり言うけど、これ以上景気が悪くなったら、どこの店でも女中なんていつまで雇っていられるかわからないわよ。うちの母は確かに『おかみは仕事に専念して、家事は全部女中にやってもらえばいい』ってよく言ってたわ。でもそれができるのって店が潤ってるときだけよね。この先売り上げが減って、街にお客さんがもっともっと来なくなったらどうなると思う？　従業員を減らして、女中を解雇して、それから――」

「やだ、しわ寄せなんて全部こっちに来るに決まってるじゃない」

峯子を除いた全員の顔に、不愉快そうな表情がもろに浮かぶ。

「じゃあ旦那衆がこの先何かやってくれると思う？　外で飲み歩いて、芸者と遊んで、別の女を養って……店の宣伝をしてくれるのはありがたいけど、街の中だけでお金が行ったり来たりなんて動きだけで、果たしてこの先やっていけるのかしら」

「『のれん会』があるじゃない。そこで新しい動きはないの？」

ページボーイの艶ちゃんが厳しい声を出した。

のれん会とは、昔から続いている商店同士の組合だろうか。

峯子はもちろんと言って、暖簾をひょいとくぐるような芝居をする。

「覗いてみたわよ。そしたらお年寄りがたくさん集まって『昔はよかったですなぁ』なんて呑気《のんき》に話しながら、酒飲んで笑ってた」

うっすら笑みを浮かべて話していた峯子は急に黙って首をひねると、呆《あき》れたように斜め上を見てから、正面を見据える。

「まったく、笑ってる場合じゃないって言うのよ！」

大きな声を出し、バンッと平手をテーブルに叩きつけた。

「もう一度言うけど、この街のおかみならこの先店をどうするか、真剣に考えるのが本業じゃないかって私は思ってる。だけどもう、今までのやり方じゃダメってところまできてるの。まずはそこを逃げないで、真正面から見つめる勇気が必要なの。ゴーストタウンになってからどうしようどうしようって、あたふたしたって遅いのよ！」

峯子が勢いよくまくし立てると、居心地悪そうに聞いていた一人が、そっと手を挙げる。

「ごめん、ゴーストタウンって、よくわからないんだけど」

「戦時中の浅草、覚えてるでしょ？　三月十日の空襲が来る前の商店街や仲見世がどんなふうだったか。通りがあって、その左右にずらっと店が並んでいて、その先にちゃぁんと浅草寺もあって……」

峯子はそこで言葉を止めた。

が、他のおかみたちには彼女が口にしない先が見えたらしい。

「あのときは本当にがらんとして、気味が悪いくらい誰もいなかった」

玉恵が言って、向かいの三人も神妙な様子で頷いている。

「大きな店を覗いても誰もいなかったから、まるで自分一人だけ街に取り残されたような気分になって、私、まだかわいらしい頃だったから泣いちゃったわよ。たぶんみんな疎開してたんだと思うけど」

ゴーストタウンの質問をした当のおかみが、ため息を吐くように言った。

聞き慣れない言葉に、過去に目にした街の姿を重ねたことで、急に現実味を帯びてきたらしい。峯子以外の四人の顔にも、切羽詰まった色が次第に交じり始めた。

「やだやだ、あんな光景二度と見たくない。人っこ一人いない商店街なんて、いったいなんのための商店なのよ」

峯子はそう言って周囲にまた、注意深く視線を配りながら自分の店の現状を話し始めた。

彼女がおかみを務める天ぷら屋は二天門《にてんもん》の近くにある。

だがここ数年は観光客が減ったところに、六区の勢いの衰えが加わって、急速に客足が落ちている。浅草寺周辺はまだ人が多く、六区もまた、それなりに人が集まっている印象はある。

けれどその大半は地方から来た通りすがりの観光客。この街だけを楽しみにしているわけではないから、ちょっと寄ってすぐ帰るという人たちばかり。ならばオリンピックが終わった頃には、どうなるか。

「テレビに映るのはたぶん競技が行われる新宿《しんじゅく》とか渋谷《しぶや》とか、そっちの方ばっかりでしょ。私だってちゃんと調べたわよ。今造ってる代々木《よよぎ》の競技場とか、日本武道館とか。それで日本がんばれー、って家のテレビでも街頭テレビでも電気屋のテレビでも、なんでもいいわ。そうやって家族みんなで手を振って応援したら、そのあとどこへ行きたくなるかしら」

「まあ、テレビに映った街に、行きたいと思うでしょうね」

苦笑しながら艶ちゃんが言った。

「そうでしょ、人間なんて目先の流行《はやり》にわっと飛びつく生きものなんだと思うわ。でもその後ろでテレビに映らないどころか、名前も出てこないこの街は、すっかり忘れられちゃう。高度成長なんてオリンピックの動きといっしょにやってるんだから、今の時点で人が減ってる街なんて、この先もっと減るに決まってる」

峯子の意見を聞いていた玉恵が、ぽつんと洩らす。

「誰も、当てになんかできないわね」

おとなしい印象の玉恵が言ったのが、他のおかみたちに響いたようだった。

慌ててそれぞれ自分の店や周囲の現況を打ち明け始めた。

売り上げはやはりジリジリと落ちている。今はまだいいけれど、これ以上いったら従業員もいつまで雇えるかわからない。ご贔屓客《ひいききやく》がオリンピック後も続けて来てくれるかどうかは不明。旦那にいたっては玉恵の夫のように家族を大切にする真面目《まじめ》な者もいる一方で、店をほったらかしにして、あちこちの温泉地を遊び歩いた挙げ句、借金を重ねているような人もいるらしい。

「最近若い人がお煎餅《せんべい》とかおかきを食べなくなっちゃったから、実はうちもこの先何をしたらいいのかって、従業員と話すこともあって……」

ページボーイの艶ちゃんの考え込むような吐露《とろ》に、あら、と峯子がすぐ反応する。

「『御前煎餅《みさきせんべい》』はどれを買って食べても美味しいわよ。でもやっぱり私は看板商品の醤油《しょうゆ》煎餅がいちばん好きだけど。とにかく材料を吟味して、長年丁寧に作り続けてるんだから、若い人だって食べてみれば、きっと美味しいと思うはず。もちろん三代続いてるうちの天ぷらだってそうよ、味だったらどこにも負けないわ」

そうだそうだと全員で頷き合っている。

店の売り上げは確かに落ちている。だが、長年作り続けてきた商品自体が悪いわけではない。だから誇りを失う必要はないと峯子は言っているのだ。

「でも、これ以上、どうしたらいいのよ」

艶ちゃんが助けを求めるようにたずねた。

すると全員の視線が、テーブルの上で手を重ねている峯子に集中する。

「私は、もう外へ商品を持って出て行くしかないと思ってるの」

「外って、旦那たちにもっと営業させるってこと？」

まさか、と峯子は諦《あきら》めたような笑いを浮かべながら手を振った。

「私たちが店の商品を持って、外へ出て行くのよ」

えっ、と四人が洩らし、それぞれ自分たちを確認するように視線を交わす。

「これが浅草の商品、これが浅草の味、私たちが浅草のおかみですって、外に売り込んでいくの。地方の催事とか百貨店に小さな店を出すとか、駅やお祭りとか行事に顔を出して、『いいものがたくさんあるから、どうぞ来てください』って声をあげていくとか、いくらだって考えられるじゃない。実際に見て触れて、食べてもらって、美味しいね、いい品だねってわかってもらえれば、それがきっかけで街に興味を持って、いずれ遊びに来てくれるかもしれない。それで私たちの動きが新聞に載ったりすれば、街の宣伝にもなる」

店をずっと守ってきたおかみが、自ら店の外へ出て行く。

生まれ育った街を大きく飛び越えた峯子の計画に、なるほどと四人が聞き入っている。

一方、考える間を作るべくコーヒーを飲んでいた艶ちゃんが顔を上げた。

「でも、旦那たちが許すかしら」

「女はすっこんでろとか前に出てくるなって、言ってきたらどうするの？」

峯子は苛立《いらだ》ったように口を曲げる。

「おかみも女も外へ出るな、すっこんでろ、男の前に出てくるな——なんて当然言ってくるに決まってるじゃない。そんなの三十八年生きてりゃ承知の助よ！　だって本来外に出て、宣伝するのは旦那の役目なんだから。だけどその旦那たちが現状維持の現実逃避ばっかりで何もやりゃしない。だから、私たちが現状を覆すしかないって言ってるの。これからやって来るのは今まで経験したことのない荒波なんだから、こっちはこっちで新しい発想と、新しいやり方をぶつけていくしかないじゃない！」

強い語調に他のおかみたちは圧倒されているようだった。

しかしそのあと困惑したそぶりで口を閉じる。やはり不安が消えたわけではないらしい。

郷子はその傍らで五人のカップにコーヒーのおかわりをついで回りながら、今言ったことを峯子が本当にやるとしたらすごいもんだと思っていた。

だが「何もやりゃしない」というより、外で好き勝手に遊ばせて、ある意味何もできない無力な旦那にしてしまったのは、店のことを何もかも自分でやってしまうおかみの責任も少しあるのでは？　という考えも浮かんだが、もちろん黙っている。

いずれにしても過去は変わらない。だから振り返ったって、仕方がない。

今を見つめて前進あるのみ。

そんな頭の持ち主らしい峯子は他の女たちの迷いなど待っていられないと言うように、目玉をぎょろりと動かし、テーブルの上のこぶしをぎゅっと握りしめる。

「とにかく今のまま何もしないなんて後悔するに決まってる。もちろん自分の店のためだけじゃない、この街全体のためだから私だってやれるのよ。でもそんなの協力できないって言う人たちがいても、私は非難するつもりもない。そこは人それぞれだもの。だけど私はやる。やるって言ったらやるっ！」

眉間《みけん》に皺《しわ》を寄せて、額と鼻の頭にうっすら汗を浮かべている峯子は、全身からすさまじい気迫を湧き立たせている。

そして、何かが動いたらしい。

「そうね、もうあとがないものね」

ページボーイの艶ちゃんが言ったのをきっかけに、

「店がなくなったらおかみだってやれないわ」「峯ちゃん、私もお手伝いさせて」

と消極的な雰囲気だった他のおかみたちが、前向きな同意を示し始めた。

少し気が弱い印象だった副会長候補の玉恵まで、身体を前のめりにして頷いている。

郷子は近くの空いたテーブルで別の作業をしながらその変化を感じていた。

今までのルールを打ち破るのは怖いだろう。

下手をしたら、自分の店を潰《つぶ》してしまう可能性だってある。

だけど峯子はその危険と責任を受け止める覚悟があるからこそ、あそこまで言い切ったのだろうし、他のおかみたちもそこまで言うなら、と峯子の覚悟に心を動かされたに違いない。

でも、保守的な人からの反感は免れないだろう。それに宣言した以上行動が伴わなければ、「口だけ」という烙印《らくいん》も容赦なく押されるに違いない。

だがそんな郷子の心配をよそに、

「今の浅草がダメなら、もっと活気のある他の商店街を視察に行くっていうのも、いいんじゃない?」

と、詰まっていたものが急に取れたように、他のおかみから策が上がった。

「そうよ、いつまでも浅草ブランドにしがみついて、余裕ぶってる場合じゃないわよ」

「視察はアメリカとかヨーロッパとか、海外も視野に入れてみない？　日本の中だけじゃ、似たり寄ったりかもしれないいじゃない」

「そうそう！　どうせやるなら人目を引くような、思い切り斬新《ざんしん》なアイディアにして印象づけないと、会の存続だって危ないわよ」

いつの間にか他のおかみまで、峯子みたいな意見を言うようになっている。

まさか海外なんて、と、郷子は震えずにはいられない。

新婚旅行で伊豆《いず》や熱海《あたみ》に行って来たというのは、ここ最近聞くようになった話題だ。伊《い》豆《ず》急下田《きゅうしもだ》駅の開業を祝うため、石原裕次郎《いしはらゆうじろう》がヘリコプターに乗って登場したニュースをラジオで耳にしたときは、「おいおい、電車の駅なのにヘリコプターって。でも裕ちゃんはさすがエンターテイナーだね！」と、郷子が可笑《おか》しくも楽しく思ったのは二年前、昭和三十六年である。

だというのに、パスポートが必要な沖縄《おきなわ》さえも飛び越して、海外へ行こうというのは、宇宙に行きましょうねと普段の調子で言っているのと同じように聞こえる。

「――ちょっと、お下げのキョーちゃん」

突然呼ばれ、郷子は紙ナプキンを折っていた手をビクリと止めた。

壁を背にした峯子がいつの間にかこちらを向いている。

「は、はい、なんでしょうか」

どうして名前を知っているんだろう。それに今は配膳の仕事中だから、後ろで一つに結んでいるはずなのに。

自分など、峯子にとっては空気のような存在だろう。

そう思っていた郷子は動揺しながらテーブルの横に立った。

「今の話、聞こえた?」

さらっと峯子が問いかけると、他のおかみたちが無言の視線を投げてくる。

今の話は外に漏らすなよ。

そんな圧を感じたような気がした郷子は料理長と同じく、落ち着きを失ってしまった。

「いいえ、あまり」

と言ってみたけれど、小首を傾《かし》げた峯子は眉を寄せ、じっと見つめてくる。

「ええと、町おこしがどうとか、そういったお話だったような」

結局、こっちから音をあげてしまった。

「そう。何か意見ない?」

「えっ、意見?」

と場違いな声が出てしまった。

「わっ、私なんかがこんな場で？　意見なんてとんでもない」

けれど峯子は気にするなという風情《ふぜい》である。

「いいのよ、どんどん言ってちょうだい。さっきお手洗いに立ったとき、ここのおかみから聞いたけど、キョーちゃんは十五で地方から出て来て働いているんでしょ。それなら私たちとは違う意見を持ってるはずだわ」

その言葉に他のおかみたちが頷いて、いっそう真剣な色が加わった視線を向けてきたので、ますます郷子は動作がぎこちなくなり、口の中も乾いてきた。

うーん、意見、意見と口もとで何度か繰り返し、まとまらないながらも話し出す。

「あのう、浅草の元気なおかみさんたちが外へ出て行くこと自体、地方の女の人からすると勇気を分けてもらえる行為なんじゃないかなあ、と私なんかは思います。私の地元は、気が強いくせに、自分の夫とか村のえらい人とか、そういう相手に対してはしおらしくやっていれば間違いないだろうっていう、依存する気持ちが強いっていうか、そんな頭の人が多いから子供の立場からすると厄介でして……」

「厄介？」

峯子がさらに眉を寄せた。

すると横で、「夫や上には何を言われても逆らわないから、そのしわ寄せが子供に来るってことじゃない？」と玉恵が言いにくそうに囁いている。

ああ、と洩らした峯子は、やっとわかったという顔をした。

玉恵は弱い人の矛盾に気づくのが早い。一方、先の目標だけを見据えている峯子には、そういった複雑な事情のひだは伝わりにくいのかも。

「ですから、おかみさんたちが地方に行って、その土地の女性たちと意見交換するのは町おこしだけじゃなくって、他にもいい影響があるんじゃないかなって思います。ちなみに私の故郷の群馬はこんにゃくとか焼きまんじゅうが有名で、農産物もたくさんあって、温泉もあります」

探り探りの言葉を聞いていたおかみたちの顔が、ぱあっと明るくなった。

「勇気を与えるなんて、嬉しいわ」

「勇気は伝染する。女同士、手を取り合っていけばいいのよ」

「じゃあ群馬とか地方でまず催事をやって、次はその催事をやった土地の農産物を浅草まで運んで、市場をやるなんてどう？」

「それはいいわね。地方を狙うならまずは百貨店がいいと思う。そこで繋《つな》がりを作っておけば、あとで話も通しやすくなるんじゃないかしら」

おかみたちは新しいアイディアの枝葉《えだは》を伸ばして、盛り上がっている。

中卒の、貧乏育ちで何もできない田舎者。だからバカにされるに違いない。

そう思い込んでいた郷子は、自分の意見がおかみたちの何かのきっかけになれたのが嬉しかった。もしや自分がすごいことを言ったのでは、と勘違いしそうになる。だが実際にすごいのは峯子であって、その彼女を支持しようというおかみたちの勇気と柔軟さのほうだ。

帰り際、店の出口まで五人を送ったとき、ふと思い出したように峯子が振り返った。

「私たちはもっと外へ出て行かないとダメ。でもこの街に来たばっかりのキョーちゃんには、逆にこの街のことをもっと知ってほしいわ」

そして一階の客席の方を一切気にせず、他のおかみたちを率いるように店から出て行った。

最後に続いた玉恵はやはり会長の峯子と毛色が異なり、繊細な気質の持ち主らしい。

「うちはメリヤス店をやっているから、もし女の子の下着で困っていたら寄って」

玉恵らしい、小さな声の気遣いも郷子は嬉しかった。

おかみたちと別れたあとも、郷子はなかなか興奮が収まらない。

「おかみさんたち、すごかったな」

閉店後厨房で洗いものを手伝っていたら、とし子の目を気にしながら寄って来た料理長がそっと話しかけてきた。

はい、と頷いたところで郷子は、彼がハマの男ではないかと言われていたのを思い出す。

だが彼女たちの側《そば》に控えていた以上、会の今後など、具体的な内容は口外しないほうがいいだろう。でも、具体的でないものは伝えてもいいかもしれない。

「今日のおかみさんたち、どれを食べても美味しいってすごく盛り上がってました。それに料理長のことをいい男だって、言ってましたよ」

「えっ」

と、洩らした料理長は恥ずかしいのか、あたりに少し視線を走らせながら身を引いた。

「大人をからかうなよ」

「でも本当に言ってたから、言っただけなんですけど」

ふうん、と洩らした料理長はまんざらでもなかったようで、少し離れた場所で機嫌よさそうに明日の下準備を始めたようだった。無意識なのか小さく鼻歌を歌っている。

緊張でいっぱいだった予約の仕事が終わった安堵感《あんどかん》に、料理長の機嫌も加わって、厨房内の雰囲気が柔らかくなったような気がした郷子は、いい気分で山積みの皿を黙々と洗った。と、その途中、あるアイディアが頭の中でまとまって、ふわっと立ち上がるように浮かんできた。

おおっ、と目を見開いてそわそわし、食器をすべて洗い終えると自分の中の熱が冷めないうちに、エプロンのポケットに入れている小さな手ぬぐいで手を拭いてから料理長のもとへ行こうとしたら、

「おべっかなんか使いやがって」

とコック見習いの勝が郷子の前を通り過ぎざまに言った。

それから彼は抱えていた食材料の入った木箱を、調理用テーブルにどしんと置く。

「おべっかじゃないです。本当に言ってたんです」

勝の妨害に、郷子はちょっと気分が下がった。この程度のやり取りでさえ自分は信じてもらえない。そんな自分がアイディアなんて言っても、やっぱり耳を貸してくれることなんてないかもしれない。そもそも、たいしたアイディアではないのかも……。

「嘘《うそ》だね、いい男なんて品定めするようなこと、浅草の女が言うわけがない。群馬の山奥で育った田舎者は言うかもしれないけどな」

勝の皮肉にはあまり影響されない郷子だが、おかみたちがからむ場合、話は別だ。やっぱり自分は立場もわきまえず、余計なことを言ってはいけないタチの人間なんだろうか。

振り出しに戻るという感じで落ち込みながらも、ぼそっと言い返す。

「本当に、言ってたんです」

「俺《おれ》は信じないなぁ」

「本当に、いい男だって言ってたんです！」

固く握りしめたこぶしを胸の前に並べた郷子は、大きな氷が入った足もとの冷蔵庫を開けている勝に向かってさらに声をあげた。が、わずかに腰をかがめた勝は口をへの字にして、バカにするようなそぶりで首を傾げている。

「だから、本当に料理長を見て、あら、いい男ねぇって、舌なめずりするライオンみたいな感じで、浅草の女代表みたいなおかみさんたちが言ってたんですよ！」

「いい男なんて何を根拠に言ってるんだ。ちょっと見たからって何がわかるって俺は言ってるんだよっ！」

腰を伸ばした勝が振り向きざまにい返してきたところで、おいっ、と声をあげ、彼の頭にゲンコツを落としたのは料理長だった。しかし料理長はまず、郷子の方を見る。

「おまえは大きい声で何度も言うなよ、俺が恥ずかしくなるだろ。どんどん説得力も減るしさ、わかるか？」

「はい、ごめんなさい」

眉を八の字にした郷子がペコペコ頭を下げると、次に料理長は頭を押さえている勝に向かう。

「俺が郷子の話を真に受けて、いい気分でいたら何かおまえ、不都合でもあるのか？」

「いえ、め、めっそうもない。すみません」

勝は郷子以上に慌てふためきながら頭を下げている。

まったく、せっかく調子がよかったのに、と文句を言いながらもといた場所に戻っていく料理長に、郷子は「あの、料理長！」とすかさず声をかけた。言うならやっぱり今しかない。

郷子のアイディアというのは、ビーフシチューにハンバーグを入れたら、両方食べられてお得ではないだろうかというものだった。「あれも食べたい、これも食べたい」が一部の女性たちの本音なら、この先増えるであろう女性客を見越して、二つの料理を先に組み合わせてしまったらいいのでは？

「ハンバーグのソースはドミグラスソース。ビーフシチューもドミソースが主《おも》ですから、『ハンバーグ入りシチュー』なんて、どうでしょうか」

言った途端、郷子の脳裡《のうり》に「この店はハンバーグもシチューも美味しかったわよ。迷っちゃうわぁ、あら、両方入ってるのがあるじゃない」というおかみたちの姿が浮かんで見えた。しかし、

「江戸っ子が、そんなまどろっこしい食い方してられるかよ。最初っから二つ注文すりゃいい話じゃねぇか」

と勝に遮られ、楽しい妄想がしゅわしゅわとしぼんでいく。だが料理長の手前、言い返すことはしない郷子は苦々しい表情を浮かべながら、軽蔑《けいべつ》の目だけを勝に向けた。

料理長はしばらく考えるように顎《あご》を撫《な》でていたが、

「うん、なるほど。ちょっと待ってろ」

とだけ言って、調理台に向かうと、少し小さめのハンバーグをいくつか焼き始めた。

もしかして、興味を持ってくれたのだろうか。

勝に無言の視線を当てられながらも郷子がそう思っていると、料理長はこんがり焼き上がったものを鍋《なべ》に移し、赤ワインを加えて少しのばしたドミソースをたっぷりかけて、ハンバーグごと煮詰め始めた。途中、味をしみこませるためだろうか、スプーンですくったソースを何度かかけている。

「できた。それにしてもさすが浅草のおかみ。迫力があるから、なかなか強い意見を持ってるよなぁ」

できたてを盛りつけた皿を持って、料理長が振り返った。

と、険悪な雰囲気だった郷子と勝の間に割り込むように、知らないうちにとし子が立っていたから、料理長は慌てている。

「今日はお疲れさまでした」

とし子は料理長にそう言って、平然と微笑んでいる。

「ええ、はい、本当に。あっ、そうだ、おかみさんもこれ試作品なんで、どうぞ召し上がってください」

料理長は慌ててとし子の分もよそっていた。

そうして厨房の作業台に置いた四枚の皿には、それぞれ熱々のビーフシチューに、焼き目の入ったハンバーグが一つずつ浸っている。

料理長が自分の提案通りに作ってくれた。

その感激で郷子は胸が熱くなった。だが、まずは試食である。

いただきますと手を合わせ、スプーンでハンバーグを切ると、湯気といっしょに肉汁があふれ出し、ふわっとビーフシチューの香りも立ち上がる。肉汁の透明なスープごと褐色のソースとともにスプーンですくい上げ、ぱくっと口に入れた。

熱々なので、舌をやけどしないように息を吐きながら味わうと、やはり予想通りのお得な印象の旨さである。

「美味しいです！　肉の旨味はちゃんと焼いて閉じ込めてありますし、ソースが多めのハンバーグっていう感じもありますから、好みによっては、こっちのほうが好きだっていう人もいるんじゃないでしょうか」

弾むように伝えたが、料理長は不満があるらしい。

「うーん、ハンバーグの種そのままだとちょっと肉が硬く感じるな。煮込む場合は牛肉の割合を減らして、豚肉を増やすといいかもしれない。それに」

料理長はさらに一口食べて、自分の感覚を探るように宙の一点を見つめる。「煮ると、焼いたときより肉の臭みが出るから、後味を考えて白こしょうに黒こしょう、タイム、乾燥させた月桂樹《げっけいじゅ》とかスパイスをもっと多めにしたほうがいい。だがそうすると辛みも出るだろうから、果物とか野菜のソースを前もって種に加えてみるか」

味や食感の微妙な違和感に注目しながら、料理長が改善点をつぶやくと、慌てて勝がそれをメモに書いている。

郷子は驚きの目で眺めていた。ただビーフシチューに焼いたハンバーグを入れたら終わり、というわけではないらしい。材料は似ていても、調理の仕方が変われば、調合にもまた相応の変化を加える。よく考えれば当然なのかもしれない。

「今言ったように作り直すなら、最初は二階の日替わりメニューに加えて、様子をみてもいいかもしれない。お年寄りは柔らかめのハンバーグのほうが食べやすいでしょうし」

とし子はさりげない口調だったが、郷子は「ええっ」と声をあげそうになった。

おかみたちの話題に触発され、自分の中でまとめたアイディアが、本当にメニューの一つになるなんて。

けれど料理長とおかみは、新商品の開発に集中しているようだ。

「でもハンバーグ入りシチューだと名前が野暮ったいというか、説明っぽいな」

「肉の大きさはハンバーグと同じなの？」と、とし子。

「いえ、少し深さのある器に入れるから、もっと厚みをつけた俵型にする予定です」

「ミートボールとは何が違うんですか」

ついには勝まで会話に加わりだした。

「あれはもっと小さくて、粉をふってから焼くだろ？　するとミートボールシチューっていうのも考えられる。だが人気があるのはハンバーグだから、ハンバーグってのが前に出たほうがいいだろうな」

「じゃあ、煮込みハンバーグなんてどう？」

とし子の意見に、「うん、それはいいですね」と料理長が頷いている。

ああ、もうこんな時間と言って壁の時計を見たとし子は厨房から出て行くとき、

「キョーちゃん、大事な意見を出してくれてありがとう。これからも何か気づいたら、遠慮せずにどんどんこの二人に言ってあげて」

と、当の二人の前で言ってくれた。すると料理長も、

「こっちは客席の細かいところまでは、わからないからな」

と応じるように続けて勝を見る。

勝は悔しそうに顔をしかめながらも、ひとまず頷いていた。

今日は勝の妨害にも負けず、自分の中の「やっぱり自分なんて」という声にも負けず、ちゃんと意見を伝えられた。

やはりそれは峯子の勇気が自分にも伝染したからかもしれない。

郷子は少し走るようにしてとし子のあとを追うと、厨房の外の廊下を歩いていた彼女に声をかける。

「あの、こちらこそ今日はありがとうございました。街のおかみさんの事情とか、勉強に

なりました。特に峯子さんが、すごかったです」

足を止めたとし子はこちらを見る。

「ならよかった。峯ちゃんは私の同級生で小さい頃から知ってるの。久しぶりに会ったけど、今も昔も変わらないわね」

えっ、と郷子は声をあげた。

とし子と峯子は同い年の同級生。だけど親しそうなそぶりなど、二人はほとんど見せなかった。それは他のおかみたちに配慮してだろうか。

お疲れさまでした、ととし子に挨拶してから郷子は、いや、と思い直す。

たとえ小さい頃からの知り合いだとしても、必要以上に馴れ馴れしくせず一定の距離を保つのは、常におおやけの光に身をさらす、この街のおかみとしての矜持《きょうじ》があるからだろう。


仕事が休みの日、郷子は一人で浅草寺にいた。

峯子に言われた通りちゃんと見学してみようと思ったからだ。

それにしても灯台もと暗し、前に訪れたのは小巻と来た一度だけである。

雷門に下がった巨大な提灯《ちょうちん》の真下に立って、観光客が何かを見ている。

同じようにすると、提灯の底に見事な龍《りゅう》が彫られていて、ばっちり目が合った。

先日郷子は図書館で、浅草の街に関する本を借りていた。だから今日はその本を片手に、宝探しするような気分で、今まで歩いたことがない場所を散策することにする。

本堂にお参りしたあと、さっそくあるものを見つけた。

すぐ横にある浅草神社《あさくさじんじゃ》の片隅で、石造りの夫婦狛犬《めおとこまいぬ》が二匹で寄り添って、にっと笑うような口のかたちをしている。

「わあ、かわいい」

郷子はにこにこしながら少し宙に浮かした手で、二匹の頭を撫でてあげた。

それにしても五重塔などもあって、浅草寺はとにかく広い。

自分の考えを改めないといけない。この街はまず浅草寺があってこそで、商店の数々は浅草寺に続いている敷地で商売をさせてもらっているに過ぎないのだ。

と思いながらも、もっとも人が多い仲見世は後回しにして、商店が並んだ初めて歩く道を進んでいく。

ところでなぜ「花筏の会」と名づけたのだろうか、と郷子は急に不思議に思った。

表の顔を務めているのは旦那だが、その裏で店の実権と財布を握っているのはおかみ。

旦那が花で、おかみは川。たとえ時期が過ぎ去って、花が散っても川に落ちたそれらはまた別のかたちで咲き誇り、華やいだ姿で人々を楽しませることができる。

そんな感じだろうか。それとも花は店をさしているのかな？　でもそれだと旦那の存在

が消えてしまうから怖い気もしてくる。いや、花は時代のたとえかもしれないぞ、とさらにあれこれ考えながら歩いていたら、

「キョーちゃん、キョーちゃん！」

とどこからか、聞こえてきた。

郷子はきょろきょろしたが、周りを歩いている人たちは知らない人ばかり。

「こっちこっち！」

声は後ろの方から飛んでくる。

道を少し戻って見回すと、ぼんやり通り過ぎていた右手の店の前で、和服姿の女の人が手を振っているのが、ちらっと人の間から覗《のぞ》いた。

観光客を掻《か》き分けながら店の方へ進むと、なんと艶ちゃんが立っている。

「さっき見かけたから、絶対そうだと思って声をかけたのよ」

市松《いちまつ》模様の和服にページボーイカットがびしっと決まった艶ちゃんは、モダンガールのような雰囲気である。今日はその上に三角巾《さんかくきん》をかぶり、白い前掛けも着けていた。

「こんにちは。ここが艶さんのお店だったんですね」

「私、艶子《つやこ》っていうの」

艶子さん、と言い直した郷子は店を眺める。

御前煎餅と看板を掲げた店の中央には、ガラスケースに入った、いろんな種類の煎餅が

並んでいた。そしてさっきからこうばしい香りが漂っているのは、入り口から少し入った場所に職人が数人腰掛けて、炭火で白い煎餅を焼いているからだった。焼け具合を確認しながら、細くて長い箸を使って上手に裏返している。

「わあ、美味しそう！」

郷子は職人の手仕事を覗き込みながら、思わず声をあげた。

煎餅の焼ける匂いに誘われて、客が三人、四人と次々入ってくる。

客は店に入ると「いつもの」といった感じで従業員に伝え、大きな山吹《やまぶき》色の包装紙でくるんで紐《ひも》でしばったものを、さっとまとめて買っていく人もいるから、有名な店なのかもしれない。

確か峯子は、この店では醤油煎餅がいちばん好きだと言っていた。

「サービスでいいわよ」

という艶子の言葉を断って、郷子はお金をちゃんと払って一枚買うと、店先の長椅子に座り、その場で食べさせてもらった。

ごつごつした丸の端っこを、はむっと口に入れたら、前歯が砕けるかと思うほどの堅さだった。それで今度は油断せず、覚悟を決めて、ガリッと音を立てて齧《かじ》りついた。

ガリ、ゴリッ、ガリッ……。頭に響く鈍い音とともに、大きかった岩が少しずつ、口の中で小石のようになっていく。醤油の味は甘さが一切なくて、すっきりしている。

「すごい。今まで食べた煎餅の中で、いちばん食べ応えがあるかも」

「そりゃそうよ、堅焼きなんだから」

なんでもないように言ってのけた艶子のそばで、どんどん醬油煎餅が売れていく。

なるほど、確かに癖になる歯ごたえと、まっすぐな味わいである。

「でも、おかき屋さんじゃなかったんですね」

「うちは煎餅屋よ。だけど何年か前から、おかきも扱うようになったの」

艶子が見た一角には、店の名をつけたおかきが何種類か売られている。

すると高野バーで聞いた印象よりずっと繁盛しているように見えるこの店でも、時代の変化に合わせて、あれこれ試行錯誤しているのだろうか。

「お客さん、多いですね。お煎餅もすごく美味しいです。私なんかからすると、まだまだ大丈夫な店っていう気もするんですけど」

だがこんな感想は上辺を見ただけの、無責任な気休め程度の発言だろう。

郷子がそう思っていると、艶子は「ありがとう」と返したうえで店先の客をざっと見る。

「でもここでずっと、いろいろ見てると、小さな変化がわかってくる。私、峯ちゃんの先を見通す目みたいなのを信じてるの。変化するときって、ああいう異端児みたいな人が出てくるのよね。だからこれからよ」

なるほど、と頷いた郷子はごちそうさまでした、と伝えて御前煎餅を離れた。

店先で「またね」と手を振ってくれた艶子だったが、郷子が少し歩いて振り返ったら、もう客に声をかけられ、忙しそうにしている。

確かにあの様子では店から出るなんて難しいだろう。

それからあれこれ無計画に歩き回っていたら、浅草寺の本堂の裏に出た。

と、噴水があって、近くに立派な龍神の像が立っていた。

青錆《あおさび》の浮いた金属製の像は「龍神」といいながらも背丈が小さく、顔もふっくらと丸い。だから郷子の目にはその像が、自分より少し年下の子供のように見える。龍神像は小さな龍を身体に巻きつけて、胸を張って、高い位置に視線を向けていた。

果たして自分は彼のように胸を張って生きているだろうか。

先日は、峯子たちが「あなたの意見を聞かせて」という公平な態度でいてくれたから、なんとか胸を張っていられたが、自分の家族に対してはどうだろう。

田舎の親を思い出すと、郷子は顔だけでなく、心の内までしゅんと下を向くような気持ちになる。だけど本来子供は、この龍神のように胸を張って堂々としていられるものではないだろうか。

気づくと太陽がだいぶ低い位置にあり、スンと吸う空気が鼻腔《びこう》に冷たく感じられる。

二月の後半に入っているけれど、日が暮れるのはまだ早い。

暗くなる前に帰ろうと思っていたら、歩く先に、ぼうっと複数の光が見えてきた。

浅草寺の境内《けいだい》の裏で易者を営む人たちのテントの群れだろう。

さらに進むと、人相学や手相、風水などの説明が書かれたテントの内側に、人影がゆらいで見える。

あるテントを見つけた郷子は、中に客がいないようだからと思い切って入ってみた。

「おや、珍しいね」

顔を上げたのは高野バーの常連客、金剛さんである。

パーマを少し当てた白髪のセシルカットに今日は藤色のワンピースを着て、裸電球が発する温かい色の光を受けながら座っている。そして郷子に、机を挟んだ向かい側の椅子を勧めてくれた。

「今日は仕事が休みだったんです」

腰をおろすと、陰影を刻んだ金剛さんの顔が真正面にある。

「あの、私の手相、見てもらっていいですか」

忘れものを思い出したように郷子が右手を差し出すと、金剛さんは探るような視線を当てながら、めがねをかけた。右の薬指にダイヤモンドの指輪が光っている。

「休みなのに、わざわざ来たのかい?」

「実はきっかけがあって」

郷子はおかみたちに不義理にならない範囲で、ざっと話し始めた。

「花筏の会」のこと、峯子に勧められ、さっきまで浅草寺周辺を回っていたこと。

ふむふむと耳を傾けていた金剛さんは、峯子が難しい状況の中で今までのルールを打ち破ろうとしているという話になると、大きく頷いた。

「ルールは確かに世の秩序を保つためにも、大事なものだ。だがそれはすべて常に建て前でしかないってことを、大人なら頭のどこかに入れておかなきゃいけないね」

「決まりとかルールって、守るのが前提じゃないんですか」

「もちろんそうさ。だけど時代の変化に合っていなかったり、明らかに相手がおかしいなんて場合は、ときと場合によってひらりと覆すこともできる。本来のルールは、そういう余裕を持っているもんだよ。そんなことは明治の頃なら誰でも知っているようなことだったのに、明治民法であれこれ決められて、戦争になってからは杓子定規《しゃくしじょうぎ》で窮屈な意味ばっかり通るようになった。まったく、それじゃまるで子供じゃないか」

やはり金剛さんは明治生まれなのだろうか。

そう思う一方で、金剛さんの話したルールの意義が気になった。

料理長も「マナーなんて堅苦しいことより、気軽に楽しく食べてもらうのがいちばん」と、洋食は箸を使ってもいいのだと言っていた。それに「守るのが前提」と思い込んでいる自分は、金剛さんの理屈で言うなら、「まるで子供」ということになる。

だけど小さい頃から郷子の周りは、窮屈なルールだらけだった。

親も近所の人も、学校の教師も、戦中の影響をまともに受けているせいだろうか。それとも外部の人がめったに入ってこない、田舎町だからだろうか。ルールは事情によっては建て前でしかない、なんて広がりのある印象を教えてくれる人はほとんどいなかった。

女は勉強なんかしなくていい、自分の意見も言うな。長女なんだからわがままを言わず黙って下の面倒を見ろ。子供は親に逆らうな。夫婦が離婚なんてまさか、みっともない。年長者に逆らうんじゃない。まずは親を大事にして親孝行をしろ、この親不孝者。

田舎の親を思い出すと、郷子はしゅんと下を向くような気持ちになる。なぜなら彼女の親は、あらゆるルールを使って、郷子を縛りつけるようにしてきたからだ。

そしてそれらのルールが伝えていることは、一言でいうなら「自分を出すな」というのに尽きるのだった。それは「苦しいと感じるな」と言われているのと同じだから、やはり私の親は、私に、従順なロボットみたいになってほしかったのだろうか。

だから私は一人ぼっちで逃げ出すしかなかったのだ。

そうしなければ、自分が自分でいることから逃げ出さなければいけなかったのだから。

急にはっとして郷子は顔を上げた。

「私、今のままでいいのかなって不安になることがあるんです。このままじゃ、自分の中の不安に負けそうで……お酒を飲めば酒びたりになりそうだし、ヒロポンを打ったら中毒患者になるかもしれない」

郷子は首を縮こめて、泣きそうな顔をする。

「ヒロポンを打ったら誰だって中毒になる」

苦笑いを浮かべた金剛さんは郷子の左手を取って表に向け、それを右手の隣に並べると、しばらく両手の線を比べるように眺めていた。

「なんだい、ぼやあっとした線ばっかりだねぇ」

自分がぼやあっとした人間だからだろうか。

がっかりしていると、金剛さんはそれ以上追及せず、しばらく集中するように黙っていた。

おや、と言って一本の線をなぞって、顔を上げる。

「今のままでいいって、ここに出ているよ」

「今のまま？　でも私、いろんなことから逃げてばっかりですし」

金剛さんは郷子の手から自分の手を離すと、彼女を突き放すようにぐんと後ろに身を引いた。

「何を言っているんだい？　逃げるのは、逃げるだけの理由があったからだ。お郷はそうやって、自分で自分の道を選んできたってだけのことだろう。親もとに帰りたくないと思うのは、あんたの親が、帰りたくないと娘に思わせるだけのことをしたからだ。自分のためにそこをちゃんと認めてやらないんだとしたら、お郷はいったい誰になろうっていうんだい？」

郷子はうつむいてしまった。

金剛さんはそんな彼女の手をまた取ると、そっと郷子の身体の方へ戻してくれる。

「高野はね、長く続いているいい店だよ。だから今は、目の前にある仕事を一所懸命やる。それがきっと、お郷の心を鍛えることになるだろうからね」

はい、ありがとうございましたとつぶやいた郷子は、外の人影に気づいた。

金剛さんは客をたくさん抱えている。だからこれ以上、彼女の時間を独占してはいけないと、慌てて財布を取り出し、三百円を机に置いた。

「顔見知りなのにちゃんと払おうなんて、いい心がけだ」

金剛さんはダイヤモンドの指輪がついた方の手で、今日はこれでいいと言って、百円だけを受け取った。

テントの外に出ると沈みかけの太陽が、今が最後だとばかりに強い光を放っていた。

夕陽《ゆうひ》の色を受けた明るい場所と、暗い場所を、郷子は順番に歩いていく。

高度成長だからといって他の街と同じになるよりも、この街はこの街らしさを残したままやっていくほうがいいだろうと、実は前から気づいていたのだ。

それは自分にも当てはまることなのだろう。

認めてしまうと、親が親として成り立っていないのが郷子の生家だった。

父親も母親も、余裕がなくていっぱいいっぱい。

そんな二人が戸惑うように年を重ね、世間の流れに従って結婚し、子供を作って、さまざまなルールがひしめく世の中を必死になって生きている。

父親は、五人の子供たちの中でも「長女だから」という理由で特に郷子に厳しかった。暴力をふるったり暴言を投げつけたりする際は、「おまえのため」というルールを楯《たて》にするのが決まりきった流れだった。だが「おまえのため」なんて、本当は口にするような言葉ではないのだ。あえて口にするのは「俺のため」と言っているようなものである。

そんな父の悪口をよく自分に聞かせてきた母親も、郷子にとっては幼い印象の、苦しい人だった。

郷子が父に殴られているときは見て見ぬふりを決めているくせに、忘れた頃になると娘にすり寄って、私はあなたの味方なのよという態度を見せてくる。

おまえなんて産まなきゃよかったというのもチクチク言われたが、恩を着せられるおぼえなど一つもない。自分の寂しさを持て余している者ほど異性と容易に身体の関係を結んで、子供なんて計画もないままできてしまう。

工場で会った女の子たちがそうだったから、もっと早く気づけばよかったと郷子は思ったほどだ。

祖父母が早く亡くなったせいだろうか。

郷子の親は、家の外に頼れる人がいないようだった。

そんな親が何よりも気にしていたのは世間という家の外側で、娘の本心など、一つも関心を持っていない。少し前に郷子の叔父は自分に会いに来てくれたが、母は工場や叔父に郷子の行方《ゆくえ》をたずねるでもなく、いまだ娘を探すこともない。その行動に、彼女の本音が表れている気がした。

だけど捨てられるのが怖かったから、郷子は彼らの要求する歪《ゆが》んだ子供のふりを続けてしまった。親の歪んだ期待を汲《く》んで、必死にそれに寄り添って応えるなんて、自分は間違ったかたちにしても、親の親をやっていたようなものである。

そんな環境でもなんとか生きてきた、それが私――。

悔しくて情けなくて、涙がじわっと湧いてきた。

だがこんな話は誰に言っても信じてもらえない。それどころか、手痛い非難となって返ってくるのはわかりきった話である。だからせめて自分の中だけでも、弱い自分を受け入れて、どんな自分でも認めながら生きていくしかない。

とにかくなんとか生きている。うん、私、がんばってきたよね。

すると涙がさらに湧いて、頬《ほお》を流れ、胸がジワリと温かくなった。

泣くと気持ちが楽になる。昔から、涙はいつだって郷子の味方だった。

「あれ？」

浅草寺の境内を抜ける前に、ひときわ大きな木が目にとまって、声をあげた。

今日の最初、同じ場所を通ったときは気づかなかった。

それが今度目に入ったのは、心境の変化によるものだろうか。

ゴシゴシ両手で目を拭いてから見上げると、幹の太い、実に存在感のある木だった。

大人が五、六人ほど手を繋げば、なんとか幹を取り囲むことができるだろうか。

しかもその太い幹は、複数の木がぎゅっと寄り集まったような、ぼこぼこした模様を表面に描いている。

さらに視線を上げると、その太い幹が次第に高い場所でいくつもの枝となって、空に向かって広がるように分かれていく。だが今は二月なので葉っぱは一枚も残っていない。

図書館で借りてきた本を鞄《かばん》から出し、郷子はそれを電灯の下で開いてみた。

「ご神木《しんぼく》の大銀杏《おおいちょう》。樹齢、八百年！」

読み進めると、この大銀杏は昭和二十年の空襲の際、多くの部分が燃えてしまって天然記念物の指定から外されたと書いてある。しかし空襲の際は被害を受けながらも、避難してきた多くの人たちを火災から守ったらしい。

トレイを持っていたとき、とし子が言ったことを思い出す。

今の自分が実際にどれだけ運べるか、常に意識するようにしてみて。

それは、分《ぶん》を知るということなのだろうか。

自分はこれができて、これはできない。

そこをちゃんと知りなさいと言うのなら、今の郷子はトレイにビールジョッキを載せるのは五個までが限界だ。けれどそれ以上は何もしなくていい、というわけでもないだろう。分を知っているからこそ、新しい一歩に挑むことだってできる。

峯子を始めとしたおかみたちの姿が郷子の胸に浮かんだ。

ぱたんと本を閉じて鞄にしまうと、今度は大銀杏の後ろ側に回ってみた。

すると複雑なうねりを持った太い幹の表面が、裂けるようにえぐれ、上の方までぽっかりと空洞になっていた。

空洞のふちや奥の方には、黒く焼け焦げた跡が残っていて、痛々しい。

これが空襲で焼けた跡——。

けれどこの木は今も空に向かって手を伸ばすようにして立っている。

なんてえらいんだろう。

郷子は手を伸ばし、そっと幹の表面に触れた。

見た目はボコボコしているのに、触れたところはつるっとして、温かくもないが、冷たくもない。

さあっと風が吹いて、濡《ぬ》れた頬が乾いていく。二月の今、葉は一枚もないけれど、まるで青々とした銀杏の葉が優しく頬に触れてくれたように郷子は感じる。

でも、この大銀杏は私と違って逃げることさえできないのだ。

爆弾が当たって、大きな火事に見舞われても、自分の身を燃やしながらたくさんの人を助けて、天然記念物という肩書きをはずされたって文句も言わない。今もこうして傷だらけの身体のまま、地面にしっかり根を張って、命ある限り、すっくと立っている。

これが自分の運命を受け止めて生きること。

この銀杏の木はまるで私の先生みたい。

そう思ってもいいですか。

たずねるように見上げると、高い位置の枝がかすかにゆれて、いいよと返してくれたような気がした。

主要参考文献

「浅草　戦後篇」堀切直人　右文書院
「浅草の百年　神谷バーと浅草の人びと」神山圭介　踏青社
「浅草フランス座の時間」井上ひさし　こまつ座編者　文春ネスコ
「浅草キッド」ビートたけし　新潮文庫
「フランス座」ビートたけし　文藝春秋
「戦争とトラウマ」中村江里　吉川弘文館
「おかみさんの経済学　女のアイデアが不景気をチャンスに変える！」
冨永照子　Ｏｎｅテーマ21

本書はハルキ文庫の書き下ろし作品です。

本作品中には、今日では不適切とされる語句や表現がありますが、舞台となる時代設定を鑑み、あえて使用しています。（編集部）

Haruki Bunko
ハルキ文庫

ま 16-2

下町《したまち》洋食《ようしょく》バー高野《たかの》 ビーフシチューとカレーは何《なに》が違《ちが》うのか?

著者 麻宮《まみや》ゆり子《こ》

2021年9月18日第一刷発行

発行者 角川春樹

発行所 株式会社角川春樹事務所
〒102-0074 東京都千代田区九段南2-1-30 イタリア文化会館

電話 03(3263)5247(編集)
03(3263)5881(営業)

印刷・製本 中央精版印刷株式会社

フォーマット・デザイン 芦澤泰偉
表紙イラストレーション 門坂 流

ISBN978-4-7584-4436-1 C0193 ©2021 Mamiya Yuriko Printed in Japan
http://www.kadokawaharuki.co.jp/[営業]
fanmail@kadokawaharuki.co.jp[編集] ご意見・ご感想をお寄せください。